Thomas Breier

Kater Titus, der Abenteurer

Ein kleiner Kater, in höchster Not aus den Fluten der Wolga
gerettet, wird zum Liebling der internationalen Katzenwelt

2020 Thomas Breier

Autor: Breier, Thomas
Umschlaggestaltung, Illustrationen: Thomas Breier

Verlag& Druck: tredition GmbH, Halenreie 40-44, 22359
Hamburg
ISBN: 978-3-347-14407-1

Bibliografische Information der Deutschen Nationalbibliothek:
Die Deutsche Nationalbibliothek verzeichnet diese Publikation
in der Deutschen Nationalbibliografie; detaillierte bibliografische
Daten sind im Internet über http:
/ /dnb.d-nb.de abrufbar.

Liebe Leserinnen, liebe Leser,

die nachfolgenden Geschichten, so unwahrscheinlich sie scheinen, hat der Autor nicht erfunden. Auch wenn sie heftigen satirischen Charakter haben, ist ein großer Teil des Inhaltes tatsächlich so ähnlich passiert. Tatsächlich wurde der kleine Kater Titus, dem sicheren Tode nahe, unter erbärmlichen Umständen allein, verlassen, durchnässt und halb verhungert in der Nähe der russischen Stadt Saratov am Ufer der Wolga gefunden. Die schreckliche Odyssee des kleinen Titus nach Deutschland gestaltete sich exakt so wie es im Buch beschrieben wird.

Eine Freundschaft zwischen einem Kater und einer Ente ist zwar ungewöhnlich, sie gab es aber in einem Entenzuchtbetrieb unweit vom Wohnort des Autors. So lernten sich die Tiere kennen. Die beiden Tiere kamen tatsächlich gewöhnlich abends um sechs ins Wohnzimmer und wollten im Fernsehen ihre Lieblingsfilme sehen.

Im übrigen ist der Autor mit allerlei Viehzeug aufgewachsen. Er hat im zarten Knabenalter mit seiner Fürsorge sogar einmal in einem sehr kalten Frühjahr zwei Hühnerküken vor dem Tode bewahrt. Er hatte sie wochenlang jeden Abend mit in sein Bett unter die warme Decke genommen und mit ihnen gemeinsam die Nächte verbracht.

Erfunden sind allerdings die zaristischen Katzenstammbäume. Aber die hätten angesichts einer hier wenig bekannten, etwas aberwitzigen neuen zaristischen Bewegung in Russland so sein können. Wie wir dank unserer engen Kontakte nach Russland wissen, gibt es tatsächlich dort auch gewisse Sehnsüchte nach dem alten Russland. Sie sind so außergewöhnlich und extravagant, dass der Autor sie gern aufgenommen hat.

Zwei Kinder des Katers Titus leben im Hause des Autors. Einer dieser beiden ist so klug, er könnte sicher ein höheres Regierungsamt einnehmen. Zum Beispiel Verteidigungsminister. Er kann zwar nicht schießen, aber er erkennt sofort jeden Feind. Unsere Verteidigungsministerinnen können es auch nicht viel besser.

Kater Titus wurde für seine herausragenden Leistungen zur Verbesserung zwischen der russischen und deutschen Tierwelt geehrt mit dem russischen Orden des heiligen Georg.

Das kalte Bad in der Wolga

Sascha sprang am seichten Ufer der Wolga umher. Er hatte Schuhe und Strümpfe ausgezogen, die Hosen nach oben gekrempelt und suchte im flachen Wasser nach Steinen, Muscheln und irgendwelchen Krabbeltieren. Maja Ivanovna, seine strenge Mutter, saß in der warmen Sonne auf einer niedrigen Kaimauer am Rande des Flusses, schimpfte und meckerte wie alle Mütter meckern, wenn die Kinder nicht genau das machen, was sich die Eltern vorstellen. „Pass auf, da ist lauter Dreck, da sind vielleicht Glasscherben, geh nicht so weit rein, wenn du einen Krebs findest, fass ihn nicht an, der beißt. Und wehe du machst dir die Hosen nass. Wir wollen nachher zu Tante Nadja. Wenn du nasse Hosen hast, wirft sie uns gleich raus."

Natürlich waren die Hosen längst nass.

Plötzlich fischte Sascha ein Stückchen dunkles Fell aus dem Wasser, ein kleines quietschnasses Bündel. Es piepste jämmerlich, zappelte und zitterte trotz sommerlicher Julihitze vor Angst, Schrecken und Nässe. Als Maja sah, dass das kein Stein war, den Sascha in den Händen hatte, fing sie gleich an zu schreien: „wirf das weg, wirf das sofort weg, hörst du?"

Sascha hörte natürlich nicht. „Ein Kätzchen", rief er aufgeregt. „Mama, guck mal, ein kleines Kätzchen", rief er weiter und rannte zu seiner Mama. „Mama, woher kommt das Kätzchen? Guck", sagte er und zeigte es seiner Mutter, „es hat die Augen schon offen".

Seine Mutter nahm das kleine nasse Bündel in die Hand und besah sich das kleine hilflose Kätzchen. Ihr strenges Herz wurde zart und weich, sie streichelte das kleine nasse Bündel, der Zorn über die nassen Hosen war sofort verflogen. ‚Wie kommt ein kleines Kätzchen in die Wolga?' fragte sie sich sofort. ‚Sicher hatte ein böser und herzloser

Mensch das arme Tier ertränken wollen. Aber ein russisches Kätzchen überlebt sogar den Tod in der Wolga.'

Tatsächlich erinnerte sich das kleine Kätzchen noch lange an die schrecklichsten Momente am Anfang seines Lebens. Es erinnerte sich an seine drei Geschwister. Ein böser Mann hatte sie eines Tages von ihrer Katzenmama weggenommen, in einen Sack gesteckt und in ein großes Wasser geworfen. Das Kätzchen hatte in großer Verzweiflung und im Kampf gegen das schreckliche Wasser gestrampelt und gestrampelt. Irgendwie hatte sich der Sack geöffnet, es hatte weiter gestrampelt bis es plötzlich Luft zum Atmen hatte. Aber dann hatte es alle Kräfte verloren, die Wellen hatten es vor sich hergetrieben, bis es wieder Boden unter den Füßen hatte. Dann war dieser Junge gekommen und hatte es in seinen Arm genommen. Was mit seinen Geschwistern passiert war, wusste es nicht. Wahrscheinlich waren alle, wie später Maja vermutete, in dem großen Wasser ertrunken.

Maja Ivanovna, die fast ihr ganzes Leben mit Katzen verbracht hatte, nahm das kleine Kätzchen auf ihren Arm. „Das Kätzchen muss sofort nach Haus, es stirbt sonst", sagte sie aufgeregt und versuchte es, mit ihrem Halstuch ein wenig abzutrocknen. „Es braucht Milch, wir müssen das Fell richtig trocken." Sascha schlüpfte in seine Sandalen, beide schnappten sich ihre Sachen und rannten mit dem kleinen Kätzchen in der Hitze des Sommernachmittags zur nächsten Bushaltestelle. Sie hatten Glück, schon nach ein paar Minuten erwischten sie einen Bus in die Stadt. Der war, wie die meisten Busse in den Nachmittagsstunden prall mit Menschen gefüllt. Deshalb zwängten sie sich auf die hintere Plattform und standen in dem heißen Bus zwischen den Fahrgästen wie die Sardinen in der Dose und schwitzten. Maja hatte das piepsende Kätzchen sorgfältig in ihr Halstuch gehüllt und trug das feuchte Bündel, bei dem nur der kleine Katzenkopf zu sehen war, auf dem Arm. Mit diesem piepsenden Knäuel erregte sie sofort einige Aufmerksamkeit bei den umstehenden Fahrgästen. Schließlich fährt man nicht jeden Tag mit einem nassen Katzenbaby im Bus spazieren.

„Was für ein süßes Tierchen", sagte eine junge Frau, die mit verklärtem Lächeln eine Weile auf das Kätzchen geguckt hatte. Sie fragte nach dem Alter und warum es so nass ist.

„Es wird vielleicht zwei, drei Wochen alt sein", antwortete Maja. „Die Augen sind schon geöffnet." Dann erzählte sie, genauer gesagt, Sascha erzählte, wie sie das Kätzchen in der Wolga gefunden hatten.

Er erzählte so laut und aufgeregt, dass die umstehenden Fahrgäste die aufregende Geschichte um die Rettung dieses kleinen Kätzchens hören konnten. Er erzählte sie mit so großer Bedeutung, als hätte er gerade den größten Stör aus der Wolga geangelt.

„Wie schrecklich", jammerte die junge Frau und redete von Sünde an der armen Kreatur, über herzlose Menschen im Besonderen und die harte, böse Welt im Allgemeinen. Sie gratulierte und lobte Maja und Sascha, dass sie so mutig waren und selbstlos das kleine Kätzchen gerettet hatten.

Mehr und mehr wurden die umstehenden Fahrgäste neugierig und interessierten sich für das kleine Kätzchen.

Eine Frau im gesetzten Alter mischte sich in das Gespräch zwischen Maja und der jungen Frau.

„Früher", warf die Ältere ein, „als die Zeiten noch in Ordnung waren, da hat es so etwas nicht gegeben. Damals hätte man Barbaren, die solche Verbrechen begehen, hart bestraft, jedenfalls gab es so etwas nicht in unserer Stadt. Aber man sieht ja, wenn die Ordnung fehlt, wohin das alles führt."

Die junge Frau verzog ärgerlich das Gesicht.

„Was hat das", fragte sie mit spitzem Ton, „mit früher und heute zu tun? Als ob in den alten Zeiten alles besser gewesen wäre. Hat es früher sowas nicht gegeben?" fragte sie ziemlich laut und guckte die Ältere giftig an.

Irgendwie war die Luft plötzlich voller Spannung, die Alte fing an sich aufzublasen und stellte sich in Position. Die Jüngere schob ihr Kinn vor, holte tief Luft und setzte zum vernichtenden Schlag aus „Hat man früher keine Tiere umgebracht als angeblich noch alles in Ordnung war?" rief sie laut. „Gab es keine Tierversuche in der sozialistischen Produktion? Sind keine Hunde bei den Flügen ins All im Sputnik verglüht?"

Der Älteren schwollen vor Wut Hals und Zornesadern an der Stirn. „Was verstehen Sie davon?" schrie sie und wechselte gleich ins vernichtende „Du". „Du bist noch viel zu jung, hast nichts verstanden, alles war für den Fortschritt..."

Die Auseinandersetzung wurde heftiger. Die junge Frau erklärte der Älteren, dass sie sich ihren Fortschritt sonst wo hinschieben könne. Und überhaupt, wie käme sie, diese Alte, dazu, sie zu duzen.

„Du bist eine von diesen neuen Russen", kreischte die Ältere, „wühlst im Geld und liegst den ganzen Tag faul bei deinem Alten..."

„Ausgerechnet du, du alte Vettel", schrie die Jüngere zurück, „kommst aus der Kolchose, hast dein ganzes Leben gestohlen, das ganze Volk bestohlen..."

Es fehlte nicht viel und beide hätten mit einer Prügelei begonnen. Ein älterer Herr mischte sich ein und machte Anstalten, die Aufgeregtheiten der beiden Frauen zu besänftigen. Maja und Sascha sahen zu, wie sie sich vorsichtig aus der Kampfzone entziehen konnten.

„Man muss sich nicht schlagen", meinte der ältere Herr. Wegen einer Katze schon gar nicht. Es gibt schließlich genug davon.

„Was soll das heißen?" wollte die jüngere Frau wissen.

„Die vielen armen Menschen sind unser Problem. Sehen Sie die vielen alten Mütterchen an, denen muss man helfen. Um sie müssen wir uns in unserem Land kümmern. Katzen haben bei uns genug zu fressen, nie gab es so viele Ratten und Mäuse..."

Er kam nicht dazu, den Satz zu Ende zu reden. Seine Äußerungen genügten, um die beiden Kampfhennen kurzfristig miteinander zu versöhnen und sich gegen den vermeintlichen Tierfeind zu verbünden. Nun bedrohten beide den Herrn mit heftigen Worten.

Während sich die Kontrahenten stritten, verbreitete sich im vorderen Teil des Busses die Nachricht, dass sich auf der hinteren Plattform eine Frau mit einem aufgelesenen Kätzchen aus der Wolga befände. „Wenn das Tier nun Flöhe hat..." gab eine Frau zu bedenken. „Oder eine ansteckende Krankheit? Die Tollwut zum Beispiel. Oder die Katzenpocken?"

Es dauerte nicht lange und in den vorderen Reihen verbreitete sich das Gerücht, dass sich auf der hinteren Plattform eine Katze mit Tollwut befände und schon die ersten Fahrgäste gebissen habe. „Hören Sie nur, wie sie hinten schreien!" sagte eine alte Frau. „Die sind sicher schon angesteckt."

Eine junge Mutter, die sich mit ihren drei kleinen Kindern eine Sitzbank unmittelbar hinter dem Fahrer teilte, hörte von den Gerüchten und verfiel in Panik. „Lieber Herrgott und heiliger Nikolaus von Myra helft!" fing sie an zu jammern und bekreuzigte sich. „Wenn wir uns anstecken, ist es um uns geschehen. Ausgerechnet mit Tollwut! Halten Sie an", rief sie dem Fahrer zu und krallte sich an dessen Arm fest. „Halten Sie an", schrie sie mehrfach und schüttelte ihn dabei an seiner Jacke. Der Fahrer wehrte sich, schrie die Frau an, sie solle ihn augenblicklich loslassen. Durch die heftigen Bewegungen fing er an, Schlangenlinien zu fahren.

„Wir sind verloren, wenn wir uns anstecken" rief die junge Frau. „Die asiatische Grippe, die Windpocken, Masern und Darmentzündungen hatten wir schon. Mehr halten wir nicht aus."

Die Frau hörte nicht auf, den armen Fahrer zu drangsalieren. Andere Fahrgäste mischten sich ein. Ein Witzbold verkündete laut, ein tollwütiger Riesenkater auf der Plattform habe die ersten Passagiere gebissen.

„Anhalten" riefen einzelne Passagiere, „machen Sie die Türen auf." Ein angetrunkener Arbeiter beschwichtigte die Massen. „Wo ist die kranke Katze?" lallte er. „Kann ich gut für meine Alte gebrauchen. Die macht sich ein Rheumafell daraus."

Der Fahrer stoppte abrupt den Bus und öffnete alle Türen. Während die Passagiere auf die Straße stürmten rief der Fahrer über sein Sprechfunkgerät seine Zentrale an und bat dringend um Hilfe. Maja und Sascha waren mit ihrem Kätzchen ebenfalls ausgestiegen. Die Passagiere, wenn sie nicht gleich das Weite gesucht hatten, hielten großen Abstand zu ihnen. Während schon die

Polizeisirenen zu hören waren, liefen die beiden mit ihrem Kätzchen die Straße entlang. Es waren nur drei Minuten zur nächsten Haltestelle der Straßenbahn, die zum Haus der Großeltern führte.

Nach dem Spektakel im Omnibus hatte Maja keine Lust mehr, die Tante zu besuchen. Denn das kleine Kätzchen musste versorgt werden. Zudem liebte die Tante nur Hunde, ganz besonders kleine giftige Köter. Seit Jahren hatte sie einen kleinen weißen Spitz, der alles anbellte, was sich bewegte. Sogar das Pendel der alten Standuhr. Sie fuhren nicht zur Tante, schließlich konnte sich Sascha auch nicht mit seinen nassen Hosen bei der Tante sehen lassen.

So fuhren beide mit dem kleinen Kätzchen in der Straßenbahn ohne weitere Katastrophen nach Hause zu den Großeltern. Nur das Kätzchen winselte und nuckelte vor lauter Hunger ohne gewünschten Erfolg an Majas Zeigefinger.

Maja Ivanovna und ihr Sohn Sascha waren in den Sommerferien zu Besuch bei den Großeltern in Saratow an der Wolga. Eigentlich lebten sie im fernen Deutschland, nur in den sommerlichen Schulferien besuchten sie jedes Jahr die Großeltern. Die alten Herrschaften waren beide Ärzte gewesen und lebten in einem dieser Wohnblöcke aus der Chruschtschow-Zeit. Sie hielten seit vielen Jahren in ihrer Wohnung Cäsar und Kleopatra, ein inzwischen deutlich in die Jahre gekommenes, schönes Katzenpärchen, das ihnen schon um die dreißig Kinder gebracht hatte. Alle dreißig Kätzchen waren über die ganze Stadt, den ganzen Oblast, ja über ganz Russland verteilt, einige waren mit ihren Besitzern bereits nach Amerika ausgewandert und befruchteten dort die amerikanische Katzenwelt. Gerade kurz zuvor hatten sie das letzte Kätzchen an eine frühere Kollegin von Maja gegeben.

Babuschka, die Großmutter, liebte ihre Katzen wie die eigenen Kinder, aber Djeduschka, der Großvater, war die ganze Katzengesellschaft mit den Jahren leid. Wenn er in seinem Sessel saß – und er saß täglich oft viele Stunden lesend oder Kreuzworträtsel ratend in seinem Sessel – hockte meistens der Kater Cäsar auf seiner Schulter und knabberte und leckte aus lauter Liebe und Zuneigung gelegentlich am Ohrläppchen des Großvaters. Trotz dieser Zuneigung fragte der alte Mann regelmäßig mit einigem Unwillen bei Babuschka, warum denn der Kater immer auf seiner Schulter säße und an seinem Ohrläppchen knabbere.

„Er könnte doch auch mal woanders sitzen" beschwerte sich der alte Großvater. „Nein, immer sitzt er auf meiner Schulter und immer knabbert und leckt er an meinem Ohr. Nie hat man seine Ruhe." Und wenn er den Kater leid war und ihn auf den Boden setzte, dauerte es nicht lange und der Kater saß wieder auf seiner Schulter, döste oder guckte zu wie der alte Großvater las oder seine Kreuzworträtsel löste und knabberte gelegentlich an dessen Ohr.

Wenn es dem Großvater mit den Katzen lästig war, dachte er schon mal laut darüber nach, dass Katzen eigentlich Mäuse fangen sollten oder zur Not auch in der pharmazeutischen Industrie nützlich sein könnten. Diese laut geäußerten Gedanken hatten ihm aber nur häusliche Verachtung, Liebes- und Nahrungsentzug eingebracht.

Als Maja und Sascha mit dem kleinen Kätzchen ankamen, war die Aufregung besonders bei den alten Katzen groß. Sie schnüffelten an dem kleinen wimmernden Kätzchen und wussten nicht so recht, was sie von diesem neuen Bewohner halten sollten. Nach einer Weile des Beschnüffelns fanden sie sich wohl damit ab, dass dieses Tierchen zwar ein fremdes Wesen, aber keine bedrohliche Konkurrenz sein würde. Ein bisschen hochnäsig waren die beiden alten Katzen schon. Sie stammten schließlich aus einem bürgerlichen Zuhause, das kleine Kätzchen war nur aus der Wolga gefischt, wahrscheinlich war es unterstes Katzenproletariat.

Djeduschka, der viele Jahre als Arzt eine medizinische Klinik geleitet hatte, setzte das kleine Kätzchen auf den Tisch, nahm eine Lupe und untersuchte es mit aller Sorgfalt wie er früher seine Patienten untersucht hatte.

„Es ist ein Kater" stellte er mit Entschiedenheit fest, nachdem er die kleinen Geschlechtsteile gefunden hatte. „Flöhe hat er nicht", sagte er zufrieden, „die hat er wahrscheinlich beim Bad in der Wolga verloren." Aber die Großmutter hatte schon die Tüte Insektentod aus dem Schrank geholt und streute daraus auf den kleinen Kater ein gelbes Pulver, das sie gewöhnlich gegen die Kakerlaken in der Küche einsetzte. Das gefiel dem kleinen Kater nicht, und er fing gleich an, heftig zu zappeln und zu pienzen.

Die Großmutter nahm die alte Katze und setzte sie neben den kleinen Kater auf den Küchentisch. Die Katze musste noch Milch in ihren Zitzen haben, denn ihr letztes kleines Söhnchen war gerade erst ein paar Tage zuvor aus dem Haus gegeben worden. Der kleine Kater roch schon die rettende Milchbar, aber die Katze Kleopatra dachte gar nicht daran, das fremde Kätzchen an ihre Zitzen zu lassen. Die Großmutter, eine durch tausende von Geburten in vielerlei medizinischen Dingen geschulte ehemalige Frauenärztin kramte eine Pipette aus ihrem

13

Medizinschrank und füllte sie mit Milch, die sie schnell auf dem Herd ein wenig erwärmt hatte. Sie nahm das Kätzchen, steckte ihm einen Finger in das Mäulchen und spritzte die Milch zwischen die Zähne. Das kleine Tierchen schluckte und nuckelte, wollte mehr, mehr, mehr und immer mehr und fiel schließlich satt, müde und erschöpft auf dem Küchentisch in einen totenähnlichen Tiefschlaf.

Nach den ersten Aufregungen über den kleinen Kater begann im Hause die Diskussion, was mit diesem Katzenkind nun werden sollte. Der Großvater, der seine Katzen zwar liebte, aber eigentlich unnütz fand, brummte ärgerlich, dass nun schon wieder ein Esser mehr im Haushalt war. Seit sie im Ruhestand lebten, mussten sie mit einer Rente auskommen, die in Russland selbst für pensionierte Ärzte nicht allzu üppig war. Da wurde jeder Rubel dreimal umgedreht. Babuschka schlug vor, für das Tierchen eine Familie zu finden, was sicher das Vernünftigste gewesen wäre. Djeduschka ergänzte diesen Vorschlag mit dem Hinweis, die alte Wahrsagerin Madame Svetlana aus dem Nachbarhaus, die schon Chruschtschows Tod, die Perestroika, den Ukrainekrieg und verschiedene Ehekatastrophen vorhergesagt hatte, brauche immer mal wieder einen Kater. Dieser Vorschlag wurde von Sascha mit äußerster Missachtung vernommen und kommentiert. Djeduschkas weitere Anmerkungen, der Kater könne auch als Vorkoster bei solchen armen Familien dienen, die ihr Fleisch bei der Freibank kaufen müssen, lösten entschiedenen Protest bei der übrigen Familie aus. Diese Aufregung verstand der Großvater nicht, denn schon in der ehemaligen Sowjetunion hatte es genug Familien gegeben, die sich eigens eine Katze gehalten hatten, um den Genuss von Fleisch aus Konserven von im sozialistischen Handel angebotenen Fleischkonserven lebend zu überstehen.

Bei Sascha kullerten die Tränen, wenn er daran dachte, dass sein kleiner von ihm geretteter Kater in die Hände einer Wahrsagerin kommen oder vielleicht sogar als Vorkoster für minderwertiges Fleisch dienen würde. Sascha jammerte so herzzerreißend und drohte mit Essens- und Lernboykott, so dass schließlich seine Mutter versprach, nach einer anderen Lösung zu suchen.

Sascha drängelte sehr bald, dass der kleine Kater einen Namen bekam. Die Katzen im Hause der Großeltern wurden ausschließlich nach Persönlichkeiten der Antike benannt. Also wälzte Großvater sein Lexikon. Ein halbwegs anständiger Namensgeber sollte es schon sein. Also kein Tyrann oder Christenverfolger. Der blutrünstige Nero, der ganz gut zu dem dunklen Fell des Katers gepasst hätte, kam deshalb nicht in Frage. Nach vielen Diskussionen einigte sich der Familienrat auf den Namen Titus. Der hatte zwar die Juden besiegt und in alle Lande zerstreut, aber für einen römischen Imperator, wie Djeduschka meinte, war das ein vergleichsweise harmloses Vergehen.

Während der kleine Kater schlief, war bei der Katze Kleopatra Interesse an dem kleinen Kater geweckt. Sie beschnüffelte ihn von allen Seiten und legte sich schließlich neben ihn. Als der kleine Kater aus tiefem Schlaf erwachte, kam ihm ein natürliches Bedürfnis, das er gleich auf dem Küchentisch erledigte. Sascha fand das im Gegensatz zu der übrigen Familie sehr lustig. Die Großmutter holte aus einem ihrer vollgestopften Schränke einen Unterteller für einen großen Blumentopf und versuchte, den kleinen Titus mit dieser Katzentoilette bekannt zu machen, was ihr aber

– wie sich bald herausstellte – erst nach langwierigen Versuchen gelang.

Großmutter hatte inzwischen ein geeignetes Katzenfutter vorbereitet. Etwas verdünnte Sahne. Titus hatte schon wieder Hunger wie ein kleiner Wolf. Aber jetzt bot ihm Kleopatra freiwillig ihre Zitzen an, die Titus mit aller Energie leer nuckelte. Nach der Katzenmahlzeit nahm Kleopatra den Kleinen am Kragen und versuchte ihn in ihr Versteck im Kleiderschrank zu bringen. Aber Sascha wollte mit seinem neuen Kameraden spielen und nahm der Katze den kleinen Titus wieder aus dem Maul. Kleopatra war über diesen Verlust nicht allzu böse, denn sie liebte Sascha zu sehr.

Am Abend saß die Familie am Tisch im Wohnzimmer, nur Großvater war mit Cäsar schon ins Bett gegangen. Das Bett war ihm – seit er die Achtzig überschritten hatte – der liebste Aufenthaltsort geworden. Dort hatte er Ruhe, nur der große Kater war bei ihm. Der saß dann auf Großvaters Bauch oder lag neben ihm und beobachtete den Alten genau, was er tat. Der las vor dem Einschlafen Dostojewski, Tolstoi, Goethe oder die Bibel, später schnarchte er, was der Kater regelmäßig mit großem Interesse beobachtete.

Maja Ivanovna hatte einige Jahre zuvor einen deutschen Mann geheiratet und war mit dem Sohn nach Deutschland gezogen. Seitdem lebte sie mit ihrem Sohn Sascha in diesem fremden Land. Das bedeutete, es war unerlässlich, für den kleinen Titus eine Lösung zu finden, denn ein weiteres Katzentier würden die beiden Alten nicht versorgen wollen. Das hätte Sascha auch das Herz gebrochen, denn er hatte seinen kleinen Kater seit er ihn

16

aus dem kalten Wasser der Wolga gefischt hatte, innig liebgewonnen.

Deshalb beriet man in diesen Tagen in immer neuen Varianten, was mit dem kleinen Kater geschehen sollte. Sascha bettelte von Anbeginn darum, den kleinen Kater mit nach Deutschland zu nehmen. Maja hatte das erwartet, ja sogar befürchtet. Deshalb erklärte sie Sascha gelegentlich, welche bürokratischen Hürden bei einem solchen Vorhaben zu überwinden waren. Wege in die deutsche Vertretung, zum Veterinär, Impfungen und so weiter. Es konnte ja nicht sein, ein russisches, also fremdländisches Kätzchen einfach mit nach Deutschland zu nehmen. Was beim derzeitigen Ansturm von Afrikanern oder von Menschen aus dem Vorderen Orient in Deutschland nicht ging, ging bei kleinen fremdländischen Kätzchen auch nicht. Denn vielleicht würde ein solches wildes russisches Kätzchen die zivile deutsche Katzenwelt völlig durcheinanderbringen. Es würde viele Rubel, wenn nicht EURO kosten, so fürchtete Maja, die entsprechenden Genehmigungen zu erlangen. Aber das Wichtigste: man musste zuerst den Vater in Deutschland fragen. Sascha wusste, dass er – nachdem die Mutter die Sache nicht rundherum abgelehnt hatte – sein Spiel um den kleinen Kater so gut wie gewonnen hatte.

Heimlich, so dass es Maja nicht merkte, rief Sascha in Deutschland beim Vater an und erzählte ihm die ganze Geschichte von dem Kätzchen. Der Vater George hatte nur gestöhnt. Er war mit dieser Familie längst an alle möglichen Überraschungen gewöhnt.

„Hol' Mama mal ans Telefon" sagte Vater George. Das tat Sascha mit einiger Sorge.

George fragte Maja „was ist das denn nun schon wieder für eine Geschichte? Diese Sache mit dem Kätzchen, die er eben von Sascha gehört hatte. Maja erzählte ein wenig von dem Abenteuer an der Wolga, dann spielte sie die Geschichte mit dem Kätzchen runter, man wisse noch gar nichts, erklärte sie. Vielleicht fände sich hier ein Interessent. Später schimpfte sie Sascha aus, dass er Vater was von diesem Kätzchen erzählt hatte.

Aber nun war es zu spät. Der Vater wusste Bescheid. Und zur Freude von Sascha hatte der Vater nicht von vornherein gegen dieses Kätzchen protestiert. Das bedeutete, wie Sascha den Vater kannte, er war grundsätzlich nicht gegen ein solches Kätzchen. Aber nur, wie sich bei den folgenden Gesprächen herausstellte, unter der Voraussetzung, der kleine Kater durfte keine Flöhe haben, nicht in die Stube pinkeln und nicht Vaters Schinken stehlen. Das versprachen Sascha und Maja sofort, hatten aber – wie sich später herausstellte – vergessen, den kleinen Kater zu fragen, ob er sich an diese Forderungen halten würde.

Reisevorbereitungen
Wenn man einen kleinen Kater mit nach Deutschland nehmen will, braucht man entsprechende Papiere für den Grenzübertritt.

Von Bekannten aus der russischen Kirche in Mannheim hatte sie gehört, dass die ihr letztes Kätzchen aus Russland auf eine halbkriminelle Weise nach Deutschland geschmuggelt hatten. Sie waren mit dem Wohnwagen bei Bekannten in der Nähe von Petersburg gewesen. Dort hatten sie von Nachbarn ein kleines Kätzchen bekommen. Vor dem Grenzübertritt hatten sie dem kleinen Tier ein Betäubungsmittel zu fressen gegeben. Dann hatten sie das betäubte Tierchen in einen Behälter mit Lüftungslöchern gesteckt, den sie sorgfältig in dem doppelten Boden unter dem Wohnwagen verstaut hatten. Das Betäubungsmittel wirkte, wie auf dem sogenannten Waschzettel zu lesen war, etwa sechs Stunden. Wenn die Wirkung vorbei war, war man schon in Polen. So einfach konnte man kleinere Tiere nach Deutschland einführen.

Maja verfügte nicht über einen Wohnwagen. Eine solche Strecke von Saratov bis an den Rhein mit dem Auto hätte sie sich auch gar nicht zutrauen wollen. Also blieb ihr nichts anderes übrig als das korrekte Verfahren zu benutzen. Sie erkundigte sich deshalb genau nach den bürokratischen Wegen, die sie gemeinsam mit dem Kätzchen gehen musste.

Auskünfte waren in einem solchen Fall bei der deutschen Botschaft zu erfragen. Die befand sich in Moskau, mit dem Zug also etwa in vierzehn Stunden zu erreichen. Maja versuchte deshalb bei der Botschaft anzurufen, um nähere Informationen über die notwendigen Formalitäten wegen einer gewünschten Einfuhr eines kleinen russischen Katers nach Deutschland zu erhalten. Zwei Tage lang versuchte sie zu allen möglichen Tageszeiten die Botschaft zu erreichen. Endlich - am Nachmittag des zweiten Tages – hatte sie Glück. Eine Dame von der Visumabteilung meldete sich am anderen Ende der Leitung. Maja schilderte ihr Problem. Die Dame unterbrach sie bald und erklärte, sie sei nicht zuständig. Der Kater brauche kein Visum, deshalb verband sie Maja mit der Zollabteilung. Dort meldete sich ein mürrischer Mensch, der Maja gar nicht richtig ausreden ließ. Er meinte, Kater sind kein Schlachtvieh, fragte aber gleich, in welchen Mengen sie Kater nach Deutschland einführen wolle.

Maja war etwas entnervt, gleichwohl auch etwas unsicher gegenüber deutscher Bürokratie und erklärte, es handle sich um einen einzigen kleinen Kater, der aber nicht geschlachtet werden sollte.

„Warum wollen Sie ihn dann nach Deutschland einführen?" fragte der Beamte. „Wollen Sie ihn verkaufen, treiben Sie so etwas wie ein Katzenhandel zwischen Russland und Deutschland? Wenn Sie so etwas vorhaben, brauchen Sie einen Gewerbeschein. Der kann aber nur von Ihrer Heimatstadt in Deutschland ausgestellt werden."

„Nein", sagte Maja, „wir wollen nur dieses einzige Tierchen mitnehmen. Weil dieses unser kleiner, geliebter Kater ist. Verstehen Sie, so ein kleines Kuscheltier mit Fell, zwei Öhrchen und einem wuscheligen Schwanz."

Der Beamte – immer noch ungläubig, was diese Frau eigentlich wollte – meinte, in Deutschland gäbe es genug Kater. Da brauche man keine mehr einzuführen.

„Aber wir haben nun mal nur diesen", meinte Maja. „Soll ich den jetzt umbringen?"

Pause, Stille. „Na ja", meinte der Mann am anderen Ende der Leitung schließlich nach einer Weile, „wir haben hier eine Kollegin, die sich um solche Fälle kümmert."

Er verabschiedete sich, es machte ein paar Male klick, dann meldete sich eine Frauenstimme. Maja erklärte auch dieser Dame, was sie wollte.

Diese Dame hatte sofort verstanden, was Maja wollte. „Es ist ganz einfach", sagte sie. „Für den Grenzübertritt braucht dieser Kater einen entsprechenden internationalen Impfausweis, das Tier muss gechipt sein und verschiedene

Impfbescheinigungen haben zum Beispiel gegen Tollwut, Würmer, Katzengrippe. Diese Impfungen erledigt der örtliche Amtstierarzt. Der stellt auch die notwendigen Bescheinigungen aus. Der Ausweis muss entsprechende Über-setzungen enthalten, diese wiederum sind von einem Notar zu beglaubigen. Diese Beglaubigungen sind mit Apostille zu bestätigen.

Maja standen angesichts dieser bürokratischen Hürden beinahe die Haare zu Berge. Die Dame wiederholte noch einmal alle notwendigen Formalitäten zum Mitschreiben. Bei Maja stellten sich vor Entsetzen die Nackenhaare vollends auf. Sie wurde blass und bekam ein flaues Gefühl im Magen, als sie merkte, dass die Ausfuhr einer Katze nach Deutschland nicht einfacher war und nicht weniger Papierkrieg erforderte als die Eheschließung mit einem deutschen Mann. Sie war am Ende doch ein bisschen froh, dass sie wegen des Katers nicht nach Moskau fahren musste. Schließlich erkundigte sie sich an diesem Tage noch bei der Bahn und bei der Fluggesellschaft, welche besonderen Vorkehrungen für den Transport eines kleinen Kätzchens erforderlich waren.

Die Bahn empfahl lediglich eine der handelsüblichen Transportboxen. Die Fluggesellschaft erklärte, man brauche für das Kätzchen neben dem Tierausweis auch ein beglaubigtes Attest vom Amtstierarzt, das aber nicht älter als fünf Tage sein darf. Dieses Attest würde dann im Flugzeug ergänzt durch ein deutschsprachiges Dokument.

Der kleine Kater hatte sich inzwischen an seine neue Umgebung gewöhnt, beguckte sich täglich neugierig alle Ecken dieses neuen Zuhauses, lief lustig in der Wohnung umher und benutzte Großmutters Gardinen als Klettergerüst. Maja beguckte sich den kleinen Titus immer mal sehr genau, weil sie wissen wollte, was das mal für eine Sorte Tierchen werden würde. Ihr fiel auf, dass er ein dunkles, weiches Fell, einen buschigen Schwanz und eine Fellkrause wie ein kleiner Löwe hatte.

An einem der nächsten Tage steckte Maja Ivanovna einiges Geld ein und fuhr mit dem kleinen Kater in das Büro des Bezirksveterinär. Sascha fuhr mit, er hatte den kleinen Kater inzwischen sozusagen adoptiert. Für ihn war er so etwas wie ein kleiner Bruder geworden. Das Büro des Bezirksveterinärs war eine Einrichtung noch aus sozialistischen Zeiten, die man aber nach der Auflösung der Sowjetunion sozusagen vergessen hatte. Die wenigen Angestellten dort bekamen, wie Maja später durch Gerüchte erfuhr, angeblich seit Jahren keine regelmäßigen Gehälter mehr. Aber weil die Stempel des Veterinärs für den Verkauf z.B. von Schlachtvieh unerlässlich waren, verkaufte man jeden Stempel für eine angemessene Summe Geld. Es hatte zwar nach dem Zusammenbruch des Sozialismus Versuche gegeben, diese Stempel und die dazugehörigen Papiere nachzumachen, aber diese Betrugsversuche mit gefälschten Stempeln hatten unter anderem in einem Fall zur völligen Verwüstung einer großen Fleischmarkthalle durch erboste und betrogene Kunden geführt.

Das Veterinäramt des Bezirks war in einem schäbigen Hinterhaus in der Hauptstraße untergebracht. Maja musste sich durch das Haus durchfragen bis sie bei der Anmeldung war. Dort saß ein vertrocknetes, energisches älteres Fräulein, das Maja kritisch über den Rand ihrer Lesebrille musterte.

„Was wollen Sie?" fragte das vertrocknete Fräulein. Maja Ivanovna hielt den kleinen Kater im Arm und fing schüchtern an zu erzählen. Vom Kätzchen aus der Wolga, den Dramen im Bus und von ihrem Wunsch, das kleine Tier mit nach Deutschland zu nehmen. Die kritischen Blicke des Fräuleins verwandelten sich, ihre Stimme bekam eine gewisse Sanftheit und sie taxierte Maja vermutlich mit den Gedanken, welche Summe bei einer solchen fetten Angelegenheit angemessen wäre.

„Sie brauchen einen Tierausweis, und das Tier muss gechipt werden", sagte die Dame mit warmer Stimme. „Dazu müssen Sie zuerst in die Veterinärklinik, dort wird der Kater geimpft gegen Tollwut und alle möglichen anderen Krankheiten, die ganze Latte. Die setzen auch den Chip ein." Sie notierte alle notwendigen Behandlungen auf einen Zettel, beschrieb den Weg zur Tierklinik, sagte ihr auch, welche Straßenbahn sie am besten nehmen sollte. „Sie müssen zu Hause eine Wurmkur machen und schließlich brauchen Sie auch noch ein Passbild. Vier mal sechs Zentimeter, in Farbe. Das Gesicht des Katers muss vollständig zu sehen sein. Aber das Tier können sie erst mit zwei Monaten mit nach Deutschland nehmen."

Am Ende der Rede hielt die Dame vorsichtig ihre Hand auf und sagte ganz leise: „wenn sie in Dollar oder Euro zahlen, geht es am schnellsten. Zwanzig Euro". Nach der Zahlung dieses Geldbetrages und den erschöpfenden Auskünften war Maja schließlich entlassen.

Maja Ivanovna und Sascha gingen wieder auf die Hauptstraße und fanden dort einen Fotoladen. Sie hielten den kleinen Titus hoch und erklärten dem Fotografen, dass sie ein Passbild von diesem kleinem Katzentier haben wollten. Der Fotograf verstand nicht, warum man für ein kleines Kätzchen ein Passbild braucht. Er bot Maja großartige Ganzkörperfotos im Plakatformat an und flüsterte ihr sogar ins Ohr, sie sei ja eine wunderschöne Frau, er sei so etwas wie ein Spezialist für Aktfotos. Nachdem Maja ihm Prügel angedroht hatte und auf einem Passbild für diesen kleinen Kater bestand, schüttelte er enttäuscht den Kopf.

Der kleine Kater wurde zum Fotografieren auf ein Podest gesetzt und sollte stillhalten. Aber er hielt nicht still. Warum sollte er auch? Er wollte viel lieber an den Strippen der Fotolampen herumklettern. Maja nahm Titus auf den Arm, hielt ihn in die Kamera und streichelte ihn bis endlich das richtige Foto im Kasten war. Die Passbilder kosteten zweihundert Rubel, das waren umgerechnet etwa sechs Euro.

Die Tierklinik befand sich in einem anderen Stadtbezirk und war ungefähr eine Stunde Fahrt von der Innenstadt entfernt. Maja entschied deshalb, erst am folgenden Morgen die Tierklinik zu besuchen.

Zu Hause schimpfte Maja auf die neue Schicht der Bürokraten und Halsabschneider mit ihrem einnehmenden Wesen. „Nach der Peristroika sind sie noch gieriger geworden" ärgerte sie sich. „Früher haben sie auf die Kapitalisten geschimpft, heute sind sie viel schlimmer" meckerte sie bei den Eltern. Den kleinen Titus interessierte das alles nicht besonders, er war froh, dass er wieder zu Hause in der Katzengesellschaft war.

Maja hatte schon vor der Fahrt zu ihren Eltern die Flüge vom Moskauer Flughafen gebucht. Da die Eltern fernab von Moskau an der Wolga wohnten, war dieser Plan nicht ganz so einfach zu bewerkstelligen wie zum Beispiel eine Reise aus dem Bayerischen Wald nach Mallorca. Man musste bei der Rückfahrt zuerst einmal um die zwölf bis vierzehn Stunden mit dem Zug von Saratow nach Moskau fahren, von dort mit dem Elektrozug auf den Flughafen. Vom Moskauer Flughafen dauerte der Flug dann nur noch drei Stunden bis nach Frankfurt. In Frankfurt würden sie von Vater George abgeholt.

Maja rief deshalb sicherheitshalber bei der Fluggesellschaft in Moskau an und erkundigte sich nach den notwendigen Papieren für das kleine Katzentier. Wichtig war offensichtlich das Papier, das von der Fluggesellschaft auszustellen war. Das würde, wie sie erfuhr, das Büro der Fluggesellschaft in Moskau erledigen.

Wichtig für den kleinen Titus war das Erlernen ordentlicher Katzenmanieren. Zum Beispiel die Frage, wie benutzt ein ordentlicher Kater ein Katzenklo. Vor dem Geschäft muss man ein Loch graben, danach muss man es wieder zubuddeln. Das ging zwar im Haus schlecht, aber für einen ordentlichen Kater gehört sich das so.

Die Katzen der Großeltern hatten ihre Toiletten im Bad. Für Kleopatra gab es eine große, flache Schüssel unter dem Waschbecken, die Großmutter hatte die große Blumenschale für Titus daneben gestellt. Cäsar dagegen hatte eine ganz besondere Art seine Geschäfte zu erledigen. Er stieg mit allen Vieren auf den Rand der Kloschüssel und zielte genau ins Becken. Das klappte aber nur tadellos bei hochgeklappter Klobrille. Deshalb wurden alle Benutzer dieser Toilette darauf aufmerksam gemacht, diese Klobrille war immer nach oben zu klappen. Titus war von dieser Art der Klobenutzung tief beeindruckt und wollte natürlich den großen Cäsar nachmachen. Zufällig stand neben der Kloschüssel eine Fußbank. Er kletterte zuerst auf die Fußbank, dann auf den Rand der Kloschüssel und wollte sich wie Cäsar mit seinen kleinen Beinchen auf den Rand stellen. Die waren natürlich viel zu kurz, es machte plumps, Titus lag in der Kloschüssel, zappelte im Wasser und piepste wie am Spieß. Zum Glück war es ein Flachspülklosett, so dass er selbst heraus krabbeln konnte. Aber unter ihm war es nass. Babuschka bemerkte das Unglück als Erste, zog ihn aus dem Klo, spülte ihn ab und rieb ihn mit einem Handtuch trocken. So schlimm wie das Bad in der Wolga war der Fall in die Kloschüssel nicht, aber schlimm genug war es. Er erinnerte sich daran, wie er damals beinahe sein Katzenleben auf diese Weise ausgehaucht hatte. Wasser schien eine gefährliche Sache zu sein. Offenbar war es nur nützlich in winzigen Dosen zum Stillen von Durst.

Cäsar lag an diesem Mittag auf einem niedrigen Sessel am Küchentisch und döste. Nach dem Fall ins Klo wollte Titus auch auf den Sessel. Er versuchte einen Hopser, plumpste aber auf die Erde. Cäsar öffnete kurz ein einziges Auge, um zu sehen, wer ihn da stören wollte. Er entschied, die Sache war unerheblich, deshalb versuchte er weiter zu dösen.

Sascha sah, dass der kleine Titus auch gern auf diesen Sessel wollte, der auch für zwei Katzen ausreichend groß war. Er nahm den kleinen Kater und setzte ihn neben Cäsar. Titus fand den langen Schwanz des alten Katers sehr interessant und versuchte, sich daran festzuhalten und kräftig zu ziehen. Das gefiel Cäsar nicht, deshalb gab er dem kleinen Kater eine Ohrfeige. Das störte Titus nicht besonders, vermutlich dachte er, dieser kleine Klaps war eine Aufforderung zum Spiel. Aber Cäsar wollte nicht spielen, trotzdem hatte er Hemmungen, dem kleinen Kater weh zu tun. Deshalb endete das ganze Spiel damit, dass Cäsar auf den Küchenschrank hopste und dort unerreichbar für den kleinen Kater weiter vor sich hin döste.

Sascha nahm schließlich den kleinen Titus und legte ihn zu Kleopatra auf einen anderen Sessel. Dort hängte er sich gleich an ihre Zitzen.

Am Tag nach dem Besuch beim Bezirksveterinär standen Maja und Sascha sehr zeitig auf, steckten den kleinen Titus in die Katzenbox und fuhren mit ihm mit der Straßenbahn in die Tierklinik. Dort warteten schon einige Menschen mit ihren Hunden, und Katzen; Frauen hatten Hühner und Enten dabei, ein Bauer hatte ein kleines Lamm mitgebracht.

Ein älterer Mann mit einer Katze saß neben Maja. Man kam ins Gespräch, die Katze war von einem Auto angefahren worden, man hatte ihr das rechte Hinterbein genäht.

Als Maja erzählte, warum sie mit dem Kater hier war, grinste der Mann. „Nehmen Sie mich doch mit nach Deutschland", sagte er schließlich leise und beinahe verschwörerisch. „Ich bin allein, ich kann alles, Sie werden zufrieden sein."

Maja guckte den Alten böse an und zeigte ihm einen Vogel. ‚Ausgerechnet in der Tierklinik', dachte Maja, ‚bekomme ich Anträge'.

Der Alte lachte, vermutlich hatte er seine Bitte nicht ganz ernst gemeint.

Maja und Sascha mussten nicht allzu lange warten, denn es gab mehrere Ärzte, die sich um die Tiere kümmerten. Sie hatten sich an der Pforte angemeldet und waren dann in den Warteraum gegangen. Nach einiger Zeit wurden sie von einem älteren Herrn im weißen Kittel aufgerufen. Ein ehemaliger Veterinärrat, der, wie er gleich erklärte, früher mehrere Kolchosen betreut hatte.

„Zuerst einmal" sagte der ältere Veterinär „zwanzig Euro" und hielt die Hand auf. Maja zahlte zähneknirschend. So was Ähnliches hatte sie sich schon gedacht.

Als Maja erklärte, was sie wollte, guckte der Arzt sie ein bisschen ungläubig an. „Wieso muss das denn ein Kater sein?" fragte er. „Ich habe drei junge Mitarbeiterinnen", sagte er leise, fast verschwörerisch und grinste dabei. „Eine von denen würde sofort mit nach Deutschland kommen. Nehmen Sie die doch mit! Dem Kater ist es egal, wo er lebt. Eine junge, hübsche Frau ist das, jeder Mann leckt sich die Finger nach einer solchen Person!" Maja lachte etwas irritiert und sagte höflich „schöne Frauen sind immer begehrt. Ich kann mich mal umhören." Sie dachte aber eher darüber nach, was das für ein verrücktes Land ist, das seine schönen Frauen wie Schlachtvieh verhökert. Dabei wusste sie selbst, in Russland gab es aus irgendwelchen Gründen einen erheblichen Überschuss an Frauen. Klar, dass da manche im Ausland nach einem vernünftigen Mann suchten.

Aber ganz so ernst schien es der Arzt mit den jungen Frauen wohl nicht gemeint zu haben. Denn er kam gleich wieder auf den kleinen Kater zu sprechen und erklärte, was er mit ihm jetzt machen würde.

Maja gab dem Arzt die Passbilder von Titus. Der Doktor griff in eine Schublade, zog ein Ausweispapier hervor und fing an zu schreiben.

„Fangen wir an", sagte er. „Wie ist der Name, Name des Besitzers, wann geboren, was für eine Rasse?

Bei der Rasse begannen der Arzt und Maja zu überlegen. „Keine Ahnung", sagte Maja. Der Tierarzt beguckte sich den kleinen Titus von allen Seiten.

„Er ist sicher eine Promenadenmischung. Hübsch ist er trotzdem. Er hat weiches und dunkles Fell. Da ist sicher auch ‚Sibirische Katze' dabei. Diese Katzenrasse gabs auch am Zarenhof", meinte er schließlich. „Ich schreibe mal ‚Sibirische Katze'. Klingt gut. Ich wette, die deutschen Zöllner haben noch nie eine Sibirische Katze gesehen. Ich übrigens auch nicht." Maja fand diese spontane Einordnung in eine Katzenrasse lustig und originell, denn sie war sicher, niemand außerhalb Russlands hatte eine Sibirische Katze.

Der Doktor klebte das Passbild ein, drückte ein amtliches Siegel in den neuen Pass. Dann verpasste er Titus eine Spritze. Das gefiel dem Kleinen überhaupt nicht und biss dem Doktor sofort in den Finger.

„Na guck mal", sagte der Doktor. „Dieser kleine Hooligan." Dann holte er noch eine große Pille gegen Würmer. Titus wollte diese Pille absolut nicht schlucken, deshalb riss ihm der Doktor das kleine Maul auf und stopfte die Pille in den kleinen Schlund. Auch damit war Titus nicht einverstanden und biss den Doktor wieder in den Finger. Der Doktor nahm Titus am Kragen und schüttelte ihn ein bisschen. „Du kleiner Strolch" meinte er und lachte. Der arme Titus zitterte vor Angst.

Damit war für Titus die Prozedur erst einmal erledigt. In vier Wochen sollte Maja wiederkommen, dann würde es weitere Spritzen geben. Er gab ihr noch ein Glas Pillen für die Wurmkur mit.

„Vierhundert Rubel" sagte der Veterinär und verabschiedete sich. „Zahlen Sie bei der Aufnahme."

Maja protestierte. „Sie haben schon zwanzig Euro ..." beschwerte sie sich.

Der Arzt unterbrach sie. „Wollen Sie die Bescheinigungen oder nicht?" fragte er ein bisschen hochnäsig.

Maja knirschte mit den Zähnen und zahlte auch diese Rubel. Sie ärgerte sich, dass das Geld, dass sie eigentlich bei den Eltern lassen wollte, für den kleinen Kater drauf ging.

Das ältere Katzenpaar hatte sich bald an den kleinen Kater gewöhnt. Bei Kleopatra waren die Mutterinstinkte ausgebrochen, sie begann damit, dem Kleinen Manieren beizubringen. Sie zeigte ihm, wie ein ordentlicher Kater sein Fell putzt. Das begriff er schnell, nur wenn er sich unter dem Schwanz putzen wollte, fiel er immer wieder um. Sie hätte ihm auch gern gezeigt, wie eine ordentliche Katze Mäuse fängt, aber in dieser Wohnung gab es keine Mäuse. Es gab nur Kakerlaken, die entlang der Leitungsrohre das gesamte Gebäude durchwanderten und beherrschten. Also zeigte sie ihm wie man Kakerlaken fängt. Er fand die kleinen Krabbeltiere lustig, hatte aber bald den Spaß an den Kakerlaken verloren und fing an mit Kleopatra herum zu albern. Deshalb bekam er von Kleopatra gelegentlich einen Klaps hinter die Ohren. Einmal zog sie ihn am Ohr quer durch die Küche, weil er in Kleopatras Augen irgendwelche Dummheiten gemacht hatte. Aber das nützte nicht viel. Wenn er merkte, dass die alte Katze zu streng war, rannte er zu Sascha, mit dem spielte er am liebsten. Der nahm den kleinen Kater auch nachts meistens mit ins Bett, da war es wunderbar warm und kuschelig.

Unter Majas Bekannten und Verwandten hatte sich bald herumgesprochen, dass es in der Familie einen kleinen Kater gab, den Sascha aus der Wolga gefischt hatte. Viele kamen, um den kleinen Kater zu bewundern. Sie kamen aber auch, weil Maja irgendwelche Unterlagen mit nach Deutschland nehmen sollte. Briefe an Verwandte oder heimliche Geliebte, Grüße an Freunde, die nach Deutschland ausgewandert waren.

Wie es die meisten gläubigen Russen vor größeren Ereignissen tun, wollte auch Maja vor ihrer Rückreise um himmlischen Segen bitten und Gebete sprechen. Wenige Tage vor ihrer Abreise besuchten Maja, Babuschka und Sascha die Kirche der Heiligen Peter und Paulus in der Stadt. Die Kirche hatte in sowjetischer Zeit als Warenlager gedient. Ein Glück für das Gebäude, denn es war nicht, wie manch andere Kirchen in sowjetischer Zeit abgerissen oder als Schweinestall genutzt worden. Das Bauwerk war inzwischen restauriert, es war auch gelungen, die Kirche mit einem beträchtlichen Schatz an wertvollen Ikonen auszustatten. Unter anderem auch mit einer wundertätigen Ikone, einer Maria, der gelegentlich angeblich Tränen in den Augen standen. Bei der Revolution 1917 soll, wie sich die alten Menschen erzählten, schrecklich geweint haben.

Maja hatte den kleinen Titus mit in die Kirche genommen. Sie hatte ihn in einem Täschchen unsichtbar für andere Besucher versteckt, weil es bei der orthodoxen Kirche nicht üblich ist, dass man Tiere mit in die Gotteshäuser schleppt.

Maja verneigte sich vor der wunderbringenden Maria, bekreuzigte sich und bat sie, ein wachsames Auge auf sie, auf Sascha, ihre Familie und auf den kleinen Kater Titus zu haben. Maria äußerte sich nicht direkt zu dieser Bitte, aber da – wie noch zu sehen ist – dem kleinen Titus ein erfülltes Leben bevorstand, scheint Maria mit Wohlgefallen auf den kleinen Kater geschaut zu haben. Sie weinte jedenfalls nicht beim Anblick des kleinen Titus. Eher glaubte Maja auf den Lippen Marias ein leichtes Lächeln bemerkt zu haben.

Maja bestellte bei einem Priester Gebete für ihre Familie. Für den Preis von hundert Rubel konnte man Gebete für bis zu zehn Personen bestellen. Maja gab dem Priester einen Zettel mit allen Namen der Familie. Der Name Titus stand auch auf diesem Zettel, der Priester musste ja nicht wissen, dass Titus nur ein kleiner Kater war.

Schließlich steckte Maja noch verschiedene Kerzen an. Für Sascha, den Vater George in Deutschland, für Babuschka und Djeduschka, schließlich auch für Titus, Cäsar und Kleopatra.

Damit waren zumindest die spirituellen Vorkehrungen für die große Reise getroffen.

Wenige Tage vor der Abreise fuhren Maja und Sascha mit dem kleinen Titus wieder in die Tierklinik. Der Veterinär verpasste Titus eine weitere Spritze. Maja, darauf gefasst, dass er nun wieder die Hand aufhalten würde, war ganz erstaunt, als der Arzt sagte, es sei alles bezahlt. Dann hatte er aber doch noch ein kleines Problem. Mit zurückhaltender Stimme erklärte er beinahe flüsternd: „eine meiner Helferinnen sucht ernsthaft nach einem deutschen Bräutigam. Wenn Sie da helfen könnten." Wie auf Kommando stand plötzlich eine junge Frau im Zimmer. Blond, eine schöne Figur, weißer Kittel. Nur das Gesicht war ein bisschen grob.

„Bei mir kann sich niemand beschweren" meinte die junge Dame ein bisschen kokett, streckte den üppigen Busen raus und erklärte, sie heiße Irina. „Was die deutschen Frauen können, können wir schon lange" meinte sie und zwinkerte Maja kumpelhaft zu. Maja glaubte ihr aufs Wort. Sie machte gute Miene zum peinlichen Spiel und bot der jungen Dame an, die Adressen einschließlich der Mailadressen zu tauschen.

‚Wenigstens einen weiteren Geldbetrag gespart' dachte Maja. Sie hatte schon einen Bräutigam für die junge Dame im Auge. Es war der Nachbar Ulli, Inhaber einer kleinen Firma und – wenn man den Gerüchten Glauben schenken würde – mit Geld wie Dreck und einem prall gefüllten Konto in der Schweiz. Aber Ulli war so geizig, dass er seine Hosen und T-Shirts auf dem Flohmarkt kaufte und abends nur Brot und Margarine aß. Ihm waren aus naheliegenden Gründen schon mal eine Ehefrau und mehrere Geliebte abhanden gekommen. Er besuchte Maja immer mal, weil er wusste, dass er dort sicher etwas zu essen bekam. Mindestens ein Stück Brot mit Wurst. Ulli sparte auch an Wasser, aber Maja hoffte, dass eine Tierpflegerin bei unangenehmen Gerüchen nicht so sehr empfindlich sein würde. Nachbar Ulli wohnte in einem alten Bauernhaus ohne Zentralheizung. Das warme Wasser wurde wie in den frühen fünfziger Jahren in einem Boiler erhitzt. Das Klo war eine Bretterbude aus Holz, bei der die größeren Geschäfte in einer tiefen Grube versenkt wurden. Kein Wunder, dass es keine Frau bei ihm ausgehalten hatte. Der Eigentümer hatte das Haus schon abreißen wollen, aber Ulli hatte es für 150 EURO pro Monat gemietet. Er suchte, wie er bei Maja hatte durchblicken lassen, seit Jahren immer wieder nach einer Frau, aber bei ihm hatten bisher trotz Reichtum die meisten Kandidatinnen sehr schnell Reißaus genommen. Vielleicht, so dachte Maja, hält es dieses kokette Ding aus. Sicher wohnte sie mit ihren Eltern in einer dieser schrecklichen Kommunalwohnungen. Dagegen war Ullis Bauernhaus gar nicht so schlecht.

Ein bisschen verwirrt fuhr Maja mit Sascha und Titus in die Stadt zum Bezirksveterinäramt. Das vertrocknete Fräulein war immer noch freundlich und versah den Tierausweis mit amtlichen Stempeln, Einträgen und einer Unterschrift. Das kostete noch einmal zwanzig EURO.

Nicht weit vom Bezirksveterinäramt hatte eine Freundin von Maja, eine gewisse Olga, ein Übersetzungsbüro. Olga freute sich über Majas Besuch, sie hatten sich lange nicht gesehen. Während sie miteinander erzählten, übersetzte Olga nebenbei den Tierausweis ins Deutsche und bestätigte die Übersetzung als öffentlich bestellte Übersetzerin. Die Übersetzung kostete nichts, dafür musste Maja versprechen, Olga ein paar Adressen aus Deutschland zu besorgen. Olgas Sohn wollte in Deutschland studieren und brauchte dafür einige Kontakte.

Die notwendige Apostille bekam Maja schließlich für dreihundert Rubel im Bezirksamt. ‚Das wird der teuerste Kater Russlands sein' dachte sie, nachdem sie auch dieses Geld bezahlt hatte.

Titus auf großer Fahrt

Maja hatte wenige Tage vor der Abreise mit ihrer Moskauer Cousine Natascha telefoniert und hatte ihr erklärt, auf welche Weise sie zurück nach Deutschland fahren wollten. Sie hatte ihr auch von dem kleinen Kater Titus und dessen Abenteuern erzählt. Es war ein langes Telefonat, das die beiden Frauen miteinander führten.

Die Reisenden nach Deutschland hatten in Moskau mehrere Stunden Aufenthalt, so dass sich die beiden Frauen in Moskau treffen wollten.

34

Am Tag vor der Abreise hatte das Reisefieber schon die ganze Familie erfasst und geschüttelt. Die Koffer, auf der Herfahrt mit vielerlei nützlichen Nahrungsmitteln vollgestopft, wurden jetzt bepackt mit Haushaltswäsche, Büchern und Silberzeug. Wobei Maja immer wieder die Koffer auf die Waage stellte, um das Gewicht zu überprüfen. Maja brauchte Stunden bis alles sorgfältig verpackt war. Titus verspürte die Aufregung und schlich immer wieder um Majas Füße herum. Die halbe Nacht wurde damit zugebracht, den für die Reise erforderlichen Proviant zu richten. Babuschka ließ sich von Maja nicht davon abhalten, einen riesigen Stoß Blinis zu backen, der den Umfang einer Wochenration für eine halben Kompanie hatte. Auch wenn Maja protestierte, Babuschka buk und buk. Am Ende war die Provianttasche so umfangreich als wollte eine ganze Expedition zum Nordpol reisen.

Auch Sascha protestierte und erinnerte die beiden Frauen daran, dass man im Flugzeug ohnehin versorgt würde und zwischendurch könne man auch mal einen Hamburger bei Mac Donalds essen. Dass man einen Hamburger essen kann, erstaunte Babuschka sehr. Davon hatte sie noch nie was gehört. Solch ein neumodischer Unsinn konnte nur den westlichen Kapitalisten einfallen.

Für Titus hatte Maja aus dem Magazin ein paar Dosen deutsches Kinderkatzenfutter besorgt, das sich allerdings später als eine geschickte Markenfälschung herausstellte.

Am späten Nachmittag darauf kamen schließlich der Nachbar Juri und dessen Freund Igor jeweils mit ihren Fahrzeugen. In Juris Auto saß schon Galina, Majas beste Freundin. Zu ihr setzten sich Maja und Sascha mit dem Kater. Im anderen Auto fuhren Babuschka, Djeduschka und

Tante Natalia. So bekamen die Reisenden ein ordentliches Geleit.

Den kleinen Titus hatte Maja in die Katzenbox gesteckt, die er hasste wie der Satan das Weihwasser. Immer wenn er in diese Box musste, hatte ihn ein böser Mensch im weißen Kittel gepiekst oder hatte ihm was in den Hals gesteckt. Er hatte sich zwar mächtig mit kläglichem Gemaunze und seinen kleinen Pfötchen gewehrt, aber ihm war keine Wahl geblieben. Er musste in seinen kleinen Käfig. Dort saß er wieder wie ein Gefangener und piepste so herzzerreißend als wollte man ihn zum Schafott führen.

Man fuhr zum Bahnhof. Dort standen noch weitere Bekannte, die Maja verabschieden wollten. Ehemalige Kolleginnen, die Dolmetscherin Olga und zwei Frauen aus dem Haus. Sie alle hatten noch etwas für die Reisenden aus Sorge mitgebracht, sie könnten unterwegs Mangel leiden. Ein Täfelchen Schokolade, ein paar gebratene Hühnerbeine und ein Fläschchen Schnaps.

Von den Großeltern kamen ernste Ermahnungen. Besonders der Großvater meinte, seinem Enkel Sascha einige wichtige Ratschläge für das Leben in Deutschland mitzugeben. „Junge", sagte er, „lerne ordentlich. Lerne die deutsche Sprache, die Sprache Schillers und Goethes". Dann begann er Schillers Glocke auf Deutsch mit kräftigem Zungen-R zu zitieren. „Fest gemauert in der Erden steht die Form aus Lehm gebrannt...". Maja hielt er an, endlich ordentlich kochen zu lernen sonst würde ihr der deutsche Mann irgendwann noch mal weglaufen. Gott sei Dank, so stellte Maja fest, lief der Zug bald ein.

„Der Herr sei mit Euch" flüsterte Babuschka, als sie ihre Tochter umarmte und die beiden Reisenden und schließlich auch den kleinen Kater segnete.

Juri und sein Freund hatten ein Fläschchen Schnaps mitgebracht und verteilten kleine Gläser an die Frauen. Denn zum Abschied musste man auf das Wohl der Reisenden einen kleinen Schluck nehmen. Die Männer stellten sich bald ein wenig abseits, rauchten und verabredeten, dass sie am Wochenende wieder an die Wolga zum Angeln gehen wollten.

Als der Zug einfuhr, verabschiedete man sich. Man musste sich beeilen, denn lange würde der Zug nicht halten. Alles hatte feuchte Augen, einige schlugen das Kreuz über den Reisenden. Aber Maja hatte nur noch Blicke für den Zug. Man musste in den richtigen Wagen einsteigen, anderenfalls musste man sich durch die Gänge des vollgestopften Zuges quetschen.

Sie hatten Glück, denn weit mussten sie nicht zur richtigen Waggontür rennen. In einer Hand hatte Maja einen Koffer, in der anderen den kleinen Kater in seiner Box. Sascha trug einen weiteren Koffer und das Handgepäck. Der kleine Kater wusste nicht, was hier alles passierte, hatte vermutlich große Ängste und piepste herzzerreißend aus seinem kleinen Mäulchen.

Kaum hatten Maja und Sascha ihr Abteil gefunden, machten sie es sich so bequem wie möglich. Sie öffneten gleich das Abteilfenster, denn draußen standen alle Verwandten und Bekannten mit feuchten Augen und Tüchern in den Händen.

Ein Schaffner kam vorbei, hörte den kleinen Titus piepsen und ermahnte Maja, das Tier habe sich ausschließlich in seinem Käfig aufzuhalten. „Was ich am meisten hasse bei meinem Beruf", meinte er, sind Hunde und Katzen, die stundenlang bellen und miauen und dann noch alles vollscheißen."

„Der arme kleine Kater", sagte Maja, „der kann ja noch nicht einmal richtig miau sagen und sie fangen schon an zu schimpfen. Wir haben bezahlt, da wird das kleine Tier auch mal ein bisschen piepsen dürfen." Der Schaffner machte ein dummes Gesicht, weil er es nicht gewohnt war, dass ihm ein Fahrgast aus der zweiten Klasse widersprach.

Im Abteil saß noch ein älteres Ehepaar, das sich gleich für das kleine Kätzchen interessierte und Maja auszufragen begann, was es mit diesem kleinen Kätzchen auf sich habe. Maja wollte anfangen zu erzählen, aber da setzte sich der Zug in Bewegung. Maja und Sacha klebten sich gleich ans Fenster um ihren Nächsten zum Abschied zuzuwinken. Babuschka und die anderen Frauen wischten sich Tränen aus den Augen.

Als der Zug anfuhr, war es für Titus als bebte die Erde, der arme kleine Kater bekam die Panik und begann wieder herzzerreißend zu schreien. Zum Glück hörte das der Schaffner nicht, er war mit anderen Dingen beschäftigt. Der arme Titus schrie so jammervoll, dass Maja ihn schließlich aus dem Käfig holte, auf den Arm nahm und liebevoll streichelte. Sie brauchte viele Minuten bis er sich halbwegs beruhigt hatte. Das ältere Ehepaar interessierte sich weiter für den kleinen Kater, fragte nach ihm und versuchten ihn zu streicheln. Sascha erzählte mit großer Bedeutung in der Stimme alles, was sie bisher mit dem kleinen Kater erlebt hatten. Staunend hörten die beiden Mitreisenden von den großen Abenteuern des kleinen Katers.

Kaum hatte der Zug die Stadt verlassen, hörte man, wie in den Nachbarabteilen einige Männer ihre Flaschen herausholten und zu trinken begannen. Zum Glück konnte man das Abteil verschließen. Das tat Maja auch, denn es dauerte nicht lange und die Männer suchten in dem

Waggon Gesellschaft zur gemeinsamen Trinkerei. Ärgerlich war, dass die trinkenden Männer bald anfingen schauderhaft zu singen, so dass der kleine Kater, der sich inzwischen wieder ein wenig beruhigt hatte, wieder anfing ängstlich zu piepsen.

Stunden Später, man hatte in der Dämmerung des folgenden Tages die Vororte Moskaus erreicht, hatten die harten Trinker ihre Sauforgien längst beendet und lagen vermutlich schnarchend in ihren Abteilen. Einer von ihnen hatte es sich sogar im Gang bequem gemacht und schlief im Dreck des Bodens seinen Rausch aus.

In Moskau kamen sie am frühen Morgen an. Dort wartete schon Majas Cousine Natascha auf die Reisenden. Die beiden Frauen hatten sich lange nicht gesehen und freuten sich auf ihr Wiedersehen. Natascha war neugierig auf den kleinen Titus, von dem ihr Maja am Telefon erzählt hatte. Sie wollte ihn gleich streicheln und in den Arm nehmen, aber das wollte Titus nicht. Er kannte diese fremde Person nicht und fing an zu piepsen bis Maja ihn wieder in seinen kleinen Käfig gesteckt hatte.

Man frühstückte gemeinsam bei Natascha, später brachte sie die Reisenden zur Station des Elektrozuges, der regelmäßig von Moskau zum Flughafen Domodedowo fuhr. Gemeinsam stiegen sie in den Zug zum Flughafen. Weil sie dort noch ein paar Stunden warten mussten bis sie endlich zum Flug nach Frankfurt einchecken konnten, verabschiedete sich Natascha. Sie hatte in Moskau noch zu arbeiten.

Jetzt, so hatte Maja das Gefühl, waren endlich die größten Hürden ihrer Reise nach Deutschland überwunden. Sie freute sich, dass sie endlich wieder zu Hause in Deutschland ihren Ehemann George in die Arme nehmen konnte. Der hatte gewiss was Gutes zu ihrem Empfang gekocht. Und endlich konnte sie in ihrem geliebten Bett schlafen.

Beim Einchecken am Schalter der Fluggesellschaft fragte sie noch einmal eindringlich, ob es mit all den Papieren für den kleinen Kater seine Richtigkeit hatte. Maja sagte der Dame noch etwas von einem Papier, dass nach Meinung des Tierarztes die deutschen Behörden für die Einreise des kleinen Katers forderten. Aber die Dame der Fluggesellschaft erklärte, die vorhandenen Papiere seien ausreichend. Alles habe seine Richtigkeit. Das Papier in deutscher Schrift sei dabei. Maja war skeptisch, aber was sollte sie machen? Der Tierarzt, der von den Papieren geredet hatte, war nicht greifbar. Der saß weit weg an der Wolga.

Kurze Zeit nachdem Maja und Sascha in das Flugzeug geklettert waren, schickte Sascha eine E-Mail an den Vater nach Deutschland. „Wir sitzen jetzt in der Maschine, in drei Stunden sind wir in Frankfurt."

George freute sich. Er hatte für die hungrigen Reisenden gebratene Entenbrust vorbereitet. Die musste man nur noch einmal aufwärmen, wenn die beiden zu Hause angekommen waren. Endlich würde er seine beiden Reisenden wieder in die Arme schließen und dazu den kleinen Titus, von dem ihm Maja schon so viel erzählt hatte. Fast acht Wochen hatte er Maja und Sascha nicht gesehen. Diese Zeit kam ihm wie eine Ewigkeit vor.

Eine reichliche Stunde später bestieg er zu Hause in einem kleinen Ort an der Weinstraße sein Auto. Zum Flughafen Frankfurt war es etwas mehr als eine Stunde Fahrt. Als er die Halle für die Ankünfte im Terminal II erreicht hatte, sah er auf der Anzeigetafel, die Maschine sollte in etwa einer halben Stunde eintreffen. Es würde also nicht mehr lange dauern bis seine Beiden endlich wieder bei ihm waren.

Die Maschine landete. Nun dauerte es noch etwa fünf Minuten bis auf der Anzeigetafel die Nachricht zu lesen war, die Koffer würden jetzt ausgegeben.

Die ersten Passagiere erreichten die Ankunftshalle. George war sicher, jeden Moment würden Maja und Sascha mit dem Kätzchen durch die Schiebetüren kommen.

Die ersten Passagiere kamen. Manche wurden von Verwandten oder Freunden begrüßt, andere gingen schnurstracks zum Ausgang in Richtung Taxistand oder zum Bahnhof. Als der Fluss der Passagiere mehr und mehr abnahm, wurde George unruhig. Völlig ratlos wurde er, als schließlich nach einer guten viertel Stunde die Passagiere des nächsten Fliegers in die Halle strömten.

Seine Reisenden müssten längst da sein, da war er sicher. Aber sie kamen nicht. Dass sie das Flugzeug bestiegen hatten, stand außer Zweifel. George prüfte noch einmal die Flugnummern, die ihm Maja angegeben hatte. Ein Irrtum war ausgeschlossen. Eine Weile tröstete er sich damit, dass vielleicht ein Gepäckstück nicht angekommen war. Das war ihm selbst mal nach einer Reise ins Ausland passiert. Damals hatte die Prozedur der Reklamation etwa eine viertel Stunde gedauert.

Als schließlich eine knappe Stunde nach Ankunft des Fliegers sich die Beiden immer noch nicht gezeigt hatten, ging George zum Büro der Fluggesellschaft. Aber dort konnte man ihm auch nicht helfen. Man wusste dort, dass die Maschine gestartet, geflogen und gelandet war. Alle

Passagiere hatten die Maschine ordnungsgemäß verlassen, auch die Maschine habe, wie man ihm erklärte, schon wieder ihre Position verlassen. Von einer Frau mit Sohn und Katze wussten die Mitarbeiter der Fluggesellschaft nichts. Sie taten jedenfalls ziemlich hochnäsig. Vielleicht vermuteten sie, dieser Typ sei vielleicht einer von denjenigen, die an der verkehrten Tür gewartet hatten. Also blieb George nichts anderes übrig als weiter zu warten. Er ging zurück in die Ankunftshalle und fragte in seiner Not am Informationsschalter, was in solchen Fällen zu tun sei. Das konnte ihm die freundliche Dame an diesem Schalter auch nicht sagen. Sie rief aber die Passagiere Maja Ivanovna und Sascha aus, sie sollten sich doch bitte zum Informationsschalter begeben. Zunächst geschah nichts. Dann, es waren wieder einige Minuten vergangen, sah George eine Person auf den Schalter zu rennen. Es war Maja. Schon von Ferne sah er, sie war in heller Panik. Sie fiel ihm um den Hals und heulte – wie man so sagt - Rotz und Wasser. Sie stammelte irgendwelche Wörter, so dass George eine Weile brauchte bis er verstand.

„Sie haben uns Titus weggenommen. Ein Papier zur Einreise fehlte." George nahm sie am Arm und zog sie zu einer der Säulen in dieser Halle. Dort saß der weinende Sascha wie ein Häufchen Elend. Man hatte ihm seinen liebsten Spielkameraden und größten Schatz weggenommen. Er, der den kleinem Titus vom Tode in der Wolga gerettet hatte, war – wie es schien – mit bürokratischen Mitteln in tiefstes Unglück gestürzt worden. Was würde jetzt mit seinem liebsten Schatz passieren? Er mochte es sich nicht vorstellen.

„Da war eine Hexe von Tierärztin", erzählte Maja aufgeregt und schluchzend weiter. „Ein böses, hässliches Weib mit strähnigen Haaren, stechendem Blick. Wir hatten schon unsere Koffer und standen am Zoll als diese Hexe kam, sich wie eine Furie auf die Box stürzte, in der Titus saß und giftig nach den Papieren fragte. Ich drückte ihr die Papiere in die Hand, aber sie erklärte, da würde ein Papier in deutscher Sprache fehlen. Das hätte uns die Fluggesellschaft in Moskau ausstellen müssen. Sie hat uns Titus sofort weggenommen und war tief beleidigt, als wir protestierten."

„Aber da konntest du doch nichts dafür."

„Das war ihr egal. Sie hat uns erklärt, wir sollten uns bei der Fluggesellschaft beschweren."

„Und was ist jetzt mit dem Kater?" fragte George.

„Den hat man auf die Tierstation in Quarantäne gebracht. Die muss sich irgendwo in Richtung Rüsselsheim befinden. Da müssen wir jetzt hin. Dort sagt man uns, was mit dem Tier passiert."

George stöhnte ein wenig. ‚Wegen eines kleinen Kätzchens so ein Aufwand' dachte er. Aber dann sah er Saschas Tränen und war fest entschlossen, man wenn dieses Kätzchen die Fluten der Wolga überstanden hatte, musste man es auch vor den bösen Klauen der deutschen Bürokratie retten. Das war man diesem kleinen hilflosen Wesen schuldig. Er hatte verstanden, Saschas und Majas Existenz hing derzeit an diesem kleinen Kätzchen.

George versuchte Maja und Sascha zu trösten und versicherte ihnen, irgendeinen Weg würde es geben, dieses kleine Kätzchen zu retten. Sie gingen zum Auto in der Hochgarage und fuhren los. Zur Tierstation brauchten noch einmal eine viertel Stunde. Dort hatte ein junger

Tierarzt Dienst, der schon auf die Besitzer dieses kleinen Kätzchens wartete. Dieser junge Mensch war, wie Maja später erklärte, wenigstens freundlich. Anders als die böse Veterinärin am Flughafen. Er erklärte, was mit dem Kätzchen falsch gelaufen sei. Es war, wie schon die Hexe am Flughafen erklärt hatte, Schuld der Fluggesellschaft. Deshalb müsse die Fluggesellschaft im Falle einer Rückführung auch die anfallenden Kosten übernehmen. Dann erklärte der junge Mann, was jetzt passieren könnte.

„Es gibt drei Möglichkeiten, was Sie mit dem Tier machen können. Als erstes kann man das Tier drei Wochen in Quarantäne stecken. Es gibt eine entsprechende Station in München, dort würden wir das Tier hinbringen, Sie könnten es nach drei Wochen wieder abholen. Das kostet für Sie pro Woche um die 1000 EURO."

George protestierte. Diesen Luxus konnte sich die Familie nicht leisten. Maja schüttelte den Kopf, das kam auch für sie nicht in Frage. Aber Sascha bettelte. „Dann hätten wir Titus schon in drei Wochen wieder." Sascha merkte bald zu seinem Kummer, diese Möglichkeit wollten seine Eltern nicht nutzen.

„Sie können die zweite Möglichkeit wählen", setzte der Arzt seine Erläuterungen fort. „Das Tier wird zurück nach Moskau geflogen. Das bezahlt die Fluggesellschaft, denn die hat einen Fehler gemacht."

„Was ist dann mit dem Tier?" fragte Maja. Der Arzt zuckte mit den Schultern. „Keine Ahnung."

„Kann es sein, dass das arme Tier am Flughafen irgendwo ausgesetzt wird?"

„Kann schon sein. Wie gesagt, ich habe keine Ahnung, was die russischen Kollegen mit den Tieren machen. Die dritte Möglichkeit", setzte der junge Arzt seine Erklärung fort, „besteht darin, dass wir das Tier töten. Dann bekommen Sie eine Anzeige wegen Verstoßes gegen das Tierschutzgesetz."

„Wenn die Fluggesellschaft einen Fehler gemacht hat", wollte George wissen, „kann sie den nicht korrigieren und diesen Schein ausstellen?"

„Könnte sie theoretisch. Aber nur in Moskau. Das Tier müsste zurückgeschickt werden. Und ob die das dann auch tun, weiß man nicht. Die könnten zum Beispiel auch auf die Ausrede kommen, das Tier sei unterwegs verendet."

Bei Sascha kullerten weiter die Tränen. George war ratlos, aber Maja schien eine Idee zu haben. Denn sie machte nach einigen Diskussionen mit diesem jungen Arzt bald Anstalten, die Tierklinik zu verlassen. George wollte auch gehen, denn er hatte Zweifel, dass im Augenblick eine der Möglichkeiten zu einem befriedigenden Ende führen würde.

„Wie ist das, wenn Sie das Tier zurückschicken? Sagen Sie uns dann mit welchem Flug das sein wird?"

„Natürlich. Wenn Sie eine Idee haben, was mit dem Tier in Moskau geschehen soll, können wir vereinbaren, mit welcher Maschine das Tier zurückgeschickt wird. Es kann dann am Flughafen abgeholt werden."

„Wann müssen wir uns entscheiden, welche der drei Möglichkeiten wir wählen" fragte Maja.

„Möglichst bald, am besten morgen früh. Denn wir können das Tier hier nicht länger als einen Tag bei uns halten."

George hatte noch nicht ganz verstanden, was Maja mit ihrer Fragerei bezweckte. Das erfuhr er erst später.

Maja hatte noch ein paar Fragen. „Warum lassen Sie uns eigentlich so frei herumlaufen? Wir hatten seit Wochen ständigen Kontakt mit dem Tier. Wenn es irgendwelche ansteckenden Keime in sich trägt, schleppen wir sie jetzt selbst nach Deutschland ein. Und was – zum Beispiel – ist mir den vielen Flüchtlingen aus Afrika oder dem Nahen Osten? Müssen die auch in Quarantäne?"

Der junge Arzt stöhnte ein wenig. „Sie haben ja Recht", sagte er. „Wir als Fachleute wundern uns selbst über manche Vorschrift. Aber Vorschrift ist Vorschrift, und wir sind diejenigen, die sie einhalten müssen. Gleichgültig, ob wir sie richtig finden oder nicht."

So ähnlich hatten sich das Maja und George gedacht. Es hatte wenig Sinn, sich darüber aufzuregen. Der junge Arzt konnte ohnehin nichts dafür.

Maja wollte fahren. Deshalb fragte Sascha vorsichtig und leise, ob er seinen kleinen Titus noch einmal sehen könne. Aber der Arzt schüttelte mit dem Kopf.

„Das Tier ist in Quarantäne, da dürft ihr nicht hin." Er tat so als habe der kleine Titus eine gefährliche Krankheit und könnte in Deutschland eine gefährliche Epidemie verbreiten.

Sascha weinte schweigend als sie gingen, und auch Maja musste sich einige Tränen aus dem Gesicht wischen. George nahm seine beiden in seine starken Arme und tröstete sie.

Als sie ein wenig später im Auto saßen fand Maja ihre Sprache wieder. Sie schimpfte auf die deutsche Bürokratie und auf die hässliche und ekelhafte Tierärztin. Nach aller Schimpferei erzählte Maja von einer Idee, die ihr vermutlich schon bei dem Gespräch mit dem jungen Arzt in den Kopf gekommen war.

„Ich rufe Natascha in Moskau an. Morgen ist Samstag, da muss sie nicht arbeiten. Sie kann den kleinen Titus holen und am Sonntag in den Zug setzen. Babuschka holt ihn dann am Montag vom Bahnhof ab."

‚Was für eine Aktion' dachte George. Aber er begriff, das war eine Idee, die einzige akzeptable, wie es George schien. Es war etwa 11.00 Uhr am späten Abend, in Moskau war es schon 1.00 Uhr in der Nacht. Das konnte ein Problem sein, weil Natascha gewiss längst schlief. Maja probierte es trotzdem als sie endlich ihr Zuhause in der Pfalz erreicht hatten. Es dauerte eine Weile bis sie Natascha aus dem Bett geklingelt hatte. Maja entschuldigte sich wortreich, dann erzählte sie – von Schluchzen unterbrochen - in wenigen Sätzen was mit dem kleinen Titus am Frankfurter Flughafen passiert war. Dieser ganze Vorgang war für einen russischen Menschen unerklärlich, deshalb wunderte sich Natascha darüber laut, wie ein solches Land mit dieserart Bürokratismus überhaupt funktionieren konnte. Natürlich war sie gleich bereit, den kleinen Titus vom Flughafen abzuholen und später an die Bahn zu bringen. Sie wollte am folgenden Morgen auf Majas Anruf mit der Durchgabe der Flugnummer und der Ankunftszeit warten.

Das Essen mit der Entenbrust war leider nicht das fröhliche Begrüßungsmal, wie es sich die Drei gewünscht hatten. Der Appetit war allen vergangen, so dass der größte Teil dieses Essens wieder in den Kühlschrank gepackt wurde.

Die ganze Familie schlief in dieser Nacht schlecht. Als Sascha am Morgen aufwachte, begann er gleich um seinen kleinen Freund zu weinen. Es schien beinahe als sei er dieses grausamen Lebens überdrüssig. Und Maja hatte Sorge, ob dieser Plan, den sie mit Natascha vereinbart hatte, auch funktionieren würde. Sie rief schon sehr bald am Morgen in der Frankfurter Tierstation an und fragte beim verantwortlichen Tierarzt nach dem kleinen Titus aus Russland. Dieser Arzt war ein anderer als der Kollege, der am Abend Dienst gemacht hatte. Aber er wusste Bescheid und erzählte, dem kleinen Titus ginge es gut, dann fragte er gleich, wie man sich entschieden habe.

„Schicken Sie den kleinen Kater zurück nach Moskau und sagen sie mir die Flugnummer und die Ankunftszeit in Moskau."

„Okay", sagte der Arzt. „Ich werde gleich mit der Fluggesellschaft reden. In einer halben Stunde rufe ich Sie an und gebe Ihnen die Daten durch."

Tatsächlich rief der Arzt eine gute halbe Stunde später an, berichtete, dass der kleine Kater wohlauf sei und ordentlich gefressen habe und gab Maja die Flugdaten durch. Sie rief sofort Natascha in Moskau an und teilte ihr die Flugnummer und die Ankunftszeit mit. Die Maschine sollte um 16.30 Uhr Moskauer Zeit in Moskau-Domodedowo landen. Für Natascha war das, wie sie sagte, kein Problem, sie freue sich auf Titus und versprach, den kleinen Kater zur rechten Zeit abzuholen. Sie bat Maja um eine E-Mail, auf der sie – Natascha - autorisiert wurde, den kleinen Titus abzuholen. Das erledigte Maja sofort.

Maja rief bei ihren Eltern in Saratow an, erzählte ihnen von den schrecklichen Abenteuern um den kleinen Titus und versetzte ihre alten Eltern in heillose Aufregung. Die Großmutter, die den kleinen Titus liebgewonnen hatte, brach in Tränen aus und malte sich aus, was mit diesem armen kleinen Kater auf einer solchen Reise noch alles passieren könnte. Man könnte ihn verwechseln, böse Menschen könnten ihn stehlen, er könnte in einem Augenblick ohne Aufsicht weglaufen oder das Flugzeug konnte abstürzen. Maja beruhigte sie und erklärte ihr, es könne ja auch alles gut gehen. Sie war sicher, der Herrgott hatte ein Auge auf diesen kleinen Kerl und würde ihn sicher behüten und beschützen.

Die Familie war zunächst ein wenig erleichtert. Aber dann kamen bei Sascha einige heftige Bedenken.

„Wo wird denn Titus in diesem Flugzeug fliegen?" fragte er seine Mutter. „In der Kabine oder im Kofferraum?" Er hatte gehört, in diesem Kofferraum konnten es in 10.000 Metern Flughöhe dreißig Grad Kälte haben. Maja beruhigte ihn. Die Fluggesellschaft würde nicht so blöd sein, nach dem Fehler, den sie gemacht hatte, das arme Kätzchen erfrieren zu lassen. Damit waren aber Saschas Zweifel nicht ausgeräumt. Immer wieder drängelte der bei der Mutter, in Frankfurt nachzufragen, wo der kleine Titus verstaut würde. Maja rief schließlich noch einmal in Frankfurt an und bekam die beruhigende Nachricht, dass die Tiere in einem eigens für sie geeignetem Raum transportiert würden. Sascha war ein wenig beruhigt.

Titus verstand nicht, was mit ihm geschah. Die ganze Zeit musste er in diesem Katzenkorb sitzen, durfte nicht spielen oder mit Sascha schmusen. Dann, nachdem sie aus diesem komischen fliegenden Gefährt ausgestiegen waren und endlich wieder festen Boden unter den Füßen hatten, war diese giftige Person gekommen und hatte mit Maja mächtig gestritten. Er hatte nicht verstanden, worüber sich diese beiden Personen stritten, er merkte nur, dass Sascha plötzlich traurig wurde und große Angst hatte. Dann hatte diese hässliche Alte den Katzenkorb genommen, um ihn zu einem Fahrzeug zu tragen. Plötzlich machte sich in seinem kleinen Katzenherz die Angst breit. Es war die gleiche Angst, die er gehabt hatte, als er mit dem schrecklichen Wasser in Berührung gekommen war. Damals hatte man ihn in einen Sack gesteckt, jetzt steckte er gefangen und hilflos in einem kleinen Käfig.

Er wurde ein Stück in der Dunkelheit gefahren bis zu einem Haus, in dem es schon viele andere Tiere in irgendwelchen Käfigen gab. Es war schrecklich in diesem Raum. Da gab es Hunde, die unentwegt bellten und jaulten, es gab Katzen, die schrecklich miauten. Das Schlimmste aber war, Maja und Sascha waren nicht mehr da. Irgendein Mensch verteilte etwas zu fressen, aber er interessierte sich nicht für die Tiere. Ein bisschen schlief der arme Titus, aber er wusste nicht was mit ihm jetzt passierte. Deshalb hatte er große Angst, fast so große wie bei dem schrecklichen Bad in der Wolga.

Am folgenden Tag kam ein Mann, gab Titus wieder ein wenig zu fressen, dann nahm er den kleinen Kater mit seinem Korb, steckte ihn in ein Gefährt und brachte ihn wieder zu einem dieser fliegenden Geräte. Wieder ging es in die Lüfte, dabei wäre es so gern bei Sascha und bei Maja gewesen. Er hatte Angst, dass er Sascha, seinen Retter vor dem Tod vielleicht für immer verloren hatte. Später, als das fliegende Gerät wieder auf der Erde war, brachte man ihn mit anderen Tieren in einen großen Raum, in dem schon viele andere Tiere in ihren Käfigen saßen. Da saß er nun in seinen Ängsten und wusste nicht, was mit ihm weiter geschehen würde. Endlich, nach einer für kleine Kätzchen ewig scheinende Zeit, kam diese Frau, die Maja Natascha genannt hatte. Ein Lichtblick! Wenigstens ein Mensch, den er kannte! Natascha nahm ihn mit und fuhr zu ihr nach Hause. Jetzt war er sicher, den Tod musste er nicht erleiden. Jedenfalls nicht jetzt und nicht gleich.

Abends gegen 20.00 Uhr russischer Zeit versuchte Maja bei Natascha anzurufen und hatte Glück. Sie war eine halbe Stunde zuvor vom Flughafen zurückgekehrt.

„Alles prima", sagte. „Der Kleine hat eben gefressen und getrunken und jetzt schläft er." Dann erzählte sie von dem Abenteuer auf dem Flughafen. Zuerst einmal hatte sie eine Weile gebraucht, bis sie herausgefunden hatte, wo sich die Tiere befanden. Als sie dann den Raum betrat, in dem die Käfige der Tiere standen, waren dort vielleicht zwei Dutzend Tierkörbe mit Hunden und Katzen, die bellend und miauend auf ihre Besitzer warteten. „Ich hätte mir noch mehre Tiere mitnehmen können, denn niemand passte auf. Zum Glück kannte ich Titus, im anderen Fall hätte ich meine Not gehabt, das richtige Katzentier heraus zu finden."

Die ganze Familie war erleichtert. Titus lebte, jetzt musste nur noch die letzte Etappe der Fahrt erfolgreich zurückgelegt werden.

Am folgenden Morgen rief Maja wieder bei Natascha an, weil sie wissen wollte, was der kleine Titus in der Nacht angestellt hatte.

Natascha lachte. „Schon morgens um sechs war er wach und besuchte mich im Bett. Ganz vorsichtig guckte er was ich machte. Ich stellte mich schlafend, das schien für ihn beruhigend zu sein. Später, als ich aufgestanden war und ihm zu fressen gegeben hatte, wollte er spielen. Er kletterte die Gardinen hoch und wieder runter. Das schien ihm zu gefallen. Jetzt hat er sich müde gespielt und schläft in seinem Körbchen, das ich ihm zurecht gemacht habe. Der Zug nach Saratow geht heute Abend um sieben. Da bringe ich ihn hin, gebe dem Zugbegleiter ein paar Rubel wie wir das in sozialistischen Zeiten immer gemacht haben. Ich gebe ihm auch einiges Katzenfutter mit, damit der arme kleine Kater nicht hungern muss. Nach diesem Gespräch rief Maja Babuschka in Saratov an und erzählte ihr den neuesten Stand der Rettung des kleinen Titus.

„Bereitet euch vor, dass ihr den kleinen Titus am Montag in der Frühe vom Moskauer Zug abholt. Natascha bringt ihn heute am Abend zum Zug.

Am späten Abend rief Maja Natascha an und wollte wissen, wie diese Aktion am Zug nach Saratow verlaufen war.

„Sehr gut", sagte Natascha. Sie hatte dem Zugbegleiter neben den 500 Rubel, die sie ihm in die Tasche gesteckt hatte, ein paar schöne Äuglein gemacht. Das hatte dem jungen Mann gefallen. Er hatte beim heiligen Nikolaus von Myra fest versprochen, den kleinen Titus ordentlich in Saratow abzuliefern. Maja dankte Natascha mit bebender Stimme.

Juri brachte Babuschka am frühen Morgen des folgenden Tages zum Bahnhof, und beide nahmen den kleinen Titus in Empfang. Der freute sich. Er wäre zwar ganz gern bei Natascha geblieben, aber dann hatte sie ihn wieder in eines dieser schrecklichen rumpelnden Fahrzeuge gesteckt. Wieder war er mit einem Dutzend Hunden und Katzen in Käfigen zusammen, die alle bellten, heulten und miauten. Er verstand, sie hatten nicht weniger Angst als er. Wieder war er allein, wieder kannte er niemanden, wieder kam diese Angst, die er beim Bad in der Wolga gehabt hatte. Endlich, nach langer Zeit, war Babuschka da, endlich traf er wieder mit einem ihm vertrauten Menschen zusammen. Und er freute sich noch mehr, als er im Hause Cäsar und Kleopatra traf, die ihn gleich begrüßten. Jedenfalls Kleopatra schien sich über den kleinen Kater zu freuen. Dem alten Cäsar war dieser kleine Titus eher gleichgültig. Er blieb auf der Schulter des Großvaters sitzen. Der Großvater selbst äußerte einigen Unwillen über das ganze Theater, was man mit diesem kleinen Tier gemacht hatte. Zuerst aus der Wolga gefischt, dann eine unnütze halbe Weltreise von der Wolga nach Frankfurt und zurück gemacht. Mit keinem Kater auf der Welt mach man solche Umstände. „Was das gekostet hat! Eine Familie kann davon einen halben Monat leben! Und jetzt haben wir noch einen weiteren Esser. Vielleicht sollte man diesen Kater doch der Wahrsagerin im Nachbarhaus geben. Dann ist man alle Sorgen um dieses Tier los."

Alle diese Nörgeleien überhörte Babuschka. Sie war froh, dass der kleine Titus trotz aller Widrigkeiten der vergangenen Tage noch am Leben war. Sie wusste natürlich, auch Djeduschka freute sich darüber, dass der Kater noch lebte. Aber seine kleine Nörgelei gehörte zu den üblichen kleinen Reibereien zwischen ihm und Babuschka.

Maja telefonierte noch am Morgen mit Babuschka und dankte ihr, was sie für diesen kleinen Kater getan hatte. Drei Tage und vier Nächte war der kleine Kater unterwegs gewesen. Wie hatte der kleine Kater diese Tortur nur aushalten können? Maja und Babuschka wussten es nicht, aber Maja meinte, wer den Tod in der Wolga übersteht, übersteht auch Irrreisen zwischen Saratow und Frankfurt am Main.

Babuschka hielt dem kleinen Titus den Hörer ans Ohr als Maja sprach. Der kleine Kater hörte sehr aufmerksam, was ihm da diese bekannte Stimme flüsterte. Aber er verstand nicht, was da passierte. Er ahnte zwar vermutlich, es war Maja, die da sprach, aber er konnte sie nicht sehen. Das konnte er nicht begreifen. Am wenigsten ein solch kleines Katertier wie es Titus immer noch war.

Am Abend redete Maja mit Natascha in Moskau. Sie dankte ihrer Cousine, für die diese Sache eine Selbstverständlichkeit gewesen war. Aber Maja erinnerte sie daran, dass sie einem kleinen Lebewesen, das so viel Schrecklichkeiten in seinem kurzen Leben erlebt habe, vermutlich das Leben gerettet hatte. Für Natascha war das, wie sie wiederholte, eine Selbstverständlichkeit gewesen, denn ihr hatte die Sache mit dem kleinen Titus Spaß gemacht. Das war eine possierliche Angelegenheit gewesen. Sie hatte auch das Gefühl gehabt, das sich der Kleine bei ihr wohl gefühlt hatte, denn er hatte zu ihrer Unterhaltung allerlei Unsinn gemacht. Es schien so als hätte sie den kleinen Titus gern bei sich behalten. Oder würde gern ein solches Tierchen bei sich haben. Aber das ging nicht, denn sie war alleinstehend, musste schließlich arbeiten und war immer mal für einige Tage im Außendienst.

Ein neuer Versuch

Maja erzählte ihren Bekannten und den Nachbarn in ihrem kleinen pfälzischen Ort über das Schicksal des kleinen Titus. Alle, die diese Geschichte hörten, vernahmen ungläubig, was da passiert war. Manche schüttelten den Kopf, andere schimpften auf die schreckliche Bürokratie in Deutschland. George interessierte sich plötzlich für die Einfuhrregelungen von Tieren und erfuhr, dass für Viehzeug aus der Europäischen Union keinesfalls die strengen Regelungen galten wie für Länder außerhalb der EU. Dabei stellte er fest, dass die Regelungen gegenüber Russland und anderen östlichen Ländern besonders streng waren. Viel strenger als zum Beispiel als gegenüber den

USA oder Ländern wie Kanada, der Schweiz und Norwegen. Als lebten die Tiere dort in besserer Gesellschaft und seien weniger anfällig für ansteckende Krankheiten. Vermutlich war es so, dass man den bösen Russen nicht trauen konnte.

In der Nachbarschaft hatte sich sehr bald die Geschichte um den kleinen Kater herumgesprochen und war zu einem beliebten Ortsgespräch geworden. „Man stelle sich vor", sagte einer der Nachbarn von Maja und George, „wir würden so mit den Mittelmeerflüchtlingen umgehen. Erst einmal alle Flüchtlinge drei Wochen isoliert in Quarantäne, die pro Person einschließlich Unterkunft, medizinischer Betreuung und Verpflegung vielleicht um die 10.000 EURO kosten würde. Man würde unseren Staat für verrückt erklären." Das war logisch, aber angesichts der Gesetzeslage nicht zu ändern.

Maja dachte immer mal an die junge Braut in der Tierklinik. Diese Art von Kuppeleigeschäften waren ihr zwar höchst zuwider, aber sie hatte schließlich in der Tierarztklinik ein Versprechen abgeliefert. Irgendwann in diesen Tagen besuchte sie zufällig der geizige Ulli, der gehört hatte, dass Maja wieder im Lande war. Tatsächlich kam er vermutlich, um ein Abendessen zu schnorren. Bei dieser Gelegenheit schob ihm Maja einen Zettel mit der Anschrift der jungen Dame aus der Tierklinik zu. „Hübsch ist sie, und gescheit ist sie auch" erklärte sie ihm und war sicher, damit war die Angelegenheit mit diesem komischen Kuppeleigeschäft beendet. George schüttelte den Kopf, als er von diesen Kuppeleiversuchen hörte. Ausgerechnet dieser Ulli! Jede Frau war für den zu schade. Aber wer weiß, vielleicht würde eine russische Frau auch mit einem solchen Typ zufrieden sein.

Maja war ein wenig erleichtert, sie hatte ihr Versprechen eingelöst, damit war die Sache für sie erledigt.

Maja machte sehr bald Pläne, auf welche Weise sie den kleinen Kater nach Deutschland bringen konnte. Es war klar, sie musste wieder nach Russland fahren. Weil auch Babuschka die Absicht hatte, ihre Familie in Deutschland zu besuchen, plante Maja, diesen Besuch mit dem Projekt „Heimholung des Titus" zu verbinden. Babuschka hatte aufgrund einiger Probleme mit ihren Beinen ohnehin einige Schwierigkeiten, allein nach Deutschland zu reisen. Deshalb wollte Maja bald wieder nach Russland fahren, um bei dieser Gelegenheit Babuschka mitzubringen. Damit war Babuschka einverstanden. Auch Djeduschka, der Großvater stimmte letztlich zu. Er erklärte, er würde in der Zeit der Abwesenheit der Großmutter von den Nachbarn versorgt werden. Das sei kein Problem. Und für ihn war es kein Beinbruch, wenn die Hemden mal nicht gebügelt würden.

Also besorgte sich Maja erneut ein Visum und fuhr einige Monate nach den aufregenden Reiseabenteuern mit dem kleinen Titus wieder an die Wolga. Sie nahm den Bus, denn sie hatte herausgefunden, dass die Busreise deutlich billiger war als die Reise mit Zug und Flugzeug. Und bequemer. Denn der Bus fuhr vom Bahnhof Mannheim direkt in die Stadtmitte nach Saratow.

Im späten Frühjahr fuhr sie los. Die Reise selbst verlief ohne weitere Zwischenfälle, im Bus gab es auch nur wenige Passagiere, so dass man sich aus dem Wege gehen konnte. Alle vier Stunden hielt der Bus irgendwo an einer Raststätte. Dort konnte man austreten, manchmal gab es dort auch was zu essen.

Drei Tage und zwei Nächte dauerte die Fahrt. Sie ging über Warschau, Brest, Minsk, Moskau, Tambow bis nach Saratow. Babuschka, Djeduschka, Titus und die anderen Katzen freuten sich, dass Maja endlich wieder da war. Der kleine Kater hatte sie nicht vergessen und bestand darauf, nachts bei Maja im Bett zu schlafen. Er war gewachsen, war aber immer noch ein großes Katzenkind.

Zur Begrüßung Majas hatte Großmutter beim Nachbarn Juri eine Portion Kilka vom Markt bestellt. Unter Kilka versteht man in Russland Sprotten, die im Handel in verschiedenen Formen angeboten werden. Auf dem Markt kauft man sie als gefrorene Eisklumpen, die man zu Hause im Spülbecken unter heißem Wasser auftaut. Einen solchen Sprottenklumpen hatte Juri besorgt. Babuschka hatte diesen Eisklumpen in das Spülbecken getan und versuchte ihn mit heißem Wasser aus dem Wasserhahn aufzutauen. Natürlich hatte Titus diesen leckeren Eisklumpen längst entdeckt, war in das Spülbecken geklettert und versuchte schon aufgetaute Sprottenteile aus dem Eisklumpen zu stehlen. Leider störte ihn dabei das heiße Wasser aus dem Hahn, so dass er immer wieder seine kleinen Pfoten zurückzog. Dieses ganze Geschäft sah so ulkig aus, dass Maja und Babuschka ihr Vergnügen daran hatten, wie der kleine Kater versuchte, die Sprottenteile zu stehlen. Am liebsten hätte sie von diesem possierlichen Spiel ein paar Bilder aufgenommen. Aber sie hatte aus ihrem Handy die Sim-Card entfernt, um die teuren Auslandsgebühren zu sparen. Und Juri, der ein paar Aufnahmen mit seiner Kamera hätte machen können, war nicht da.

An den folgenden Tagen besuchte Maja wieder mit dem kleinen Titus die amtlichen Tierärzte und berichtete, was ihr mit dem armen kleinen Tier passiert war. Das tierärztliche Personal schüttelte ohne Ausnahme die Köpfe und überlegte, was jetzt in dieser neuen Situation zu tun war. Ein paar Impfungen mussten wiederholt werden, die amtsärztlichen Bescheinigungen waren neu auszustellen. Das alles kostete wieder zwanzig Euro. Die Tierärzte konnten Maja keine anderen Papiere ausstellen als diejenigen, die man ihr schon einmal ausgestellt hatten. Als der Tierarzt hörte, dass Maja mit dem Bus nach Deutschland fahren wollte, ermahnte er sie, unbedingt darauf zu achten, dass das amtliche Dokument an der Grenze zwischen Weißrussland und Polen ausgetauscht wird. Im anderen Fall hätte sie wieder den gleichen Ärger wie bei der Reise wenige Monate zuvor. Dann kam er noch ein wenig geheimnisvoll auf seine Mitarbeiterin zu sprechen, die damals nach einem Mann gesucht hatte. „Irgendwas ist da mit neuem Bräutigam", sagte er geheimnisvoll. „Aber mehr weiß ich nicht." Also hatte sich der geizige Ulli vermutlich gemeldet.

Maja blieb nicht lange, also nur etwa drei Wochen. Dann fuhr sie gemeinsam mit Babuschka und Titus im Bus zurück nach Deutschland. Es wiederholten sich die Rituale des Abschieds. Das Veterinäramt musste noch einmal aufgesucht werden, das Reisefieber packte und schüttelte am Vorabend der Abreise die ganze Familie. Maja besorgte wieder zehn Dosen Katzenkinderfutter, am Abend wurde der Koffer bepackt mit Silberzeug, Büchern und Porzellan. Titus spürte die Aufregung und schlich, wie er das schon bei der ersten Reise gemacht hatte, immer wieder ängstlich um Majas Füße herum. Wieder wurde die halbe Nacht damit verbracht, den für die Reise erforderlichen Proviant zu richten. Die Großmutter buk einen Stoß Blinis, Maja schmierte Stullen und kochte Tee und füllte eine riesige Reisetasche, mit Proviant, der für eine Expedition zum Nordpol gereicht hätte.

Am Tag darauf besuchten sie gemeinsam die russische Kirche, stellten wieder einige Kerzen auf und baten die heilige Mutter auf Knien um eine gute und erfolgreiche Reise nach Deutschland und um den Schutz des kleinen Titus. Nachmittags kamen – wie bei der ersten Reise - der Nachbar Juri und dessen Freund Igor mit ihren Autos. Als der kleine Titus wieder in die Katzenbox gesteckt werden sollte, fing er jämmerlich an zu schreien. Er hatte Angst und fürchtete vielleicht eine ähnliche Tortur, die er schon einmal mehr tot als lebendig überstanden hatte. Aber es half nichts. Maja versuchte ihn zu beruhigen, steckte ihn aber ohne Gnade in diese ungeliebte Katzenbox.

In Juris Auto saß Galina, die beste Freundin Majas. Zu ihr setzte sich Maja mit dem kleinen Titus. Im anderen Auto saßen neben Igor die Großeltern. Am Busbahnhof standen wieder noch weitere Bekannte, die Maja und die Großmutter verabschieden wollten. Ehemalige Kolleginnen und Frauen aus dem Haus. Wieder hatten sie alle den Reisenden etwas mitgebracht. Ein Täfelchen Schokolade, eine Schächtelchen Kekse, ein paar gebratene Hühnerbeine.

Der Bus stand schon am vorgesehenen Ort. Bevor Großmutter und Maja mit dem Kater einstiegen, erfolgten die üblichen Ermahnungen des Großvaters an seine Tochter. „Lerne endlich kochen, sonst rennt dir dein deutscher Mann noch mal weg." Maja hatte sich längst an diese Ermahnungen gewöhnt und ließ sie in stoischer Geduld über sich ergehen.

Die Frauen hatten feuchte Augen, einige schlugen über den Reisenden Kreuze. Juri hatte wieder ein Fläschchen Schnaps mitgebracht und reichte es der Reisegesellschaft. Denn, wie er sagte, zum Abschied müsse man zum Wohl auf die Reisenden einen kleinen Schluck nehmen. Aber die Frauen wollten nicht, deshalb stellten sich Juri und Igor ein wenig abseits, rauchten, tranken ein wenig und verabredeten sich wie üblich am Wochenende zum Angeln an der Wolga.

Als Maja mit der Katzenbox in den Bus stieg, wurde sie vom Fahrer energisch ermahnt, das Tier habe sich ausschließlich im vorgesehenen Käfig aufzuhalten. Und es habe still zu sein. Das waren beinahe die gleichen Worte, die Maja wenige Monate zuvor vom Zugschaffner gehört hatte.

„Was ich am meisten hasse in meinem Beruf", meinte er, „sind Hunde, die bellen und Katzen, die stundenlang miauen. Und dann noch alles vollscheißen."

„Der arme kleine Kater" meinte Maja, „der kann doch noch gar nicht richtig miau sagen, und Sie fangen schon an zu schimpfen. Wir haben bezahlt, da wird das Tier auch mal ein wenig piepsen dürfen." Der Fahrer machte ein dummes Gesicht, Maja kümmerte sich nicht weiter um den Fahrer. Sie stieg mit dem Käfig in den Bus und suchte einen bequemen Platz für Babuschka und sich selbst.

Die Passagiere waren ein ziemlich zusammen gewürfelter Haufen. Da waren Männer, die offensichtlich in Deutschland arbeiteten, andere wollten, wie Maja später erfuhr, ihre Kinder oder andere Angehörige in Deutschland besuchen. Es gab eine Familie, die, wie Maja während der Fahrt erfuhr, nach Deutschland in das Land ihrer Vorfahren auswandern wollte, und es gab einen schwarz gekleideten

Mann mit langem Bart, bei dem es sich offensichtlich um einen russischen Priester handelte.

Nachdem das Gepäck der Reisenden verstaut und die Abschiedszeremonien beendet waren, startete der Bus. Alles klebte an den Fenstern. Außen wie innen sah man winkende Menschen. Babuschka und die anderen Frauen wischten sich die Tränen aus den Augen. Djeduschka und die anderen Männer standen ein wenig abseits vom Bus und winkten nur matt mit den Händen.

Von wegen nur ein paar Piepser vom Kater Titus. Als der Bus anfuhr, war es wie beim Beginn der Zugfahrt vor wenigen Monaten. Für ihn war es vermutlich so als bebte die Erde. Vielleicht dachte er, jetzt beginnt tatsächlich wieder diese Tortur wie er sie schon einmal erlebt hatte. Er geriet in Panik und begann herzzerreißend zu schreien. Zum Glück hörte es der Fahrer nicht, er saß zu weit weg. Sonst hätte er ein jammervolles Geschrei vernommen, so dass Maja ihn aus dem Käfig holte, auf den Arm nahm und zärtlich streichelte. Sie brauchte eine halbe Stunde bis der kleine Kater sich halbwegs beruhigt hatte.

Die anderen Fahrgäste begannen sich für das Tier zu interessieren, fragten nach ihm und versuchten ihn zu streicheln. Maja und Babuschka erzählten alles, was sie bisher mit dem kleinen Kater erlebt hatten. Staunend hörten die Mitreisenden von den großen Abenteuern des kleinen Katers.

Der Priester hatte sich auf die Bank vor Babuschka und Maja gesetzt, so dass man bald ins Gespräch kam. Der Priester war neugierig was es mit diesem kleinen Kater auf sich hatte, so dass Maja nicht umhin kam, dem Priester die ganze Geschichte mit diesem kleinen Kater zu erzählen. Sie erzählte so laut, dass auch andere Fahrgäste begannen, aufmerksam zuzuhören, was diesem kleinen Katzenkind in seinem kurzen Leben passiert war.

Nachdem Maja und Babuschka ihm die Geschichte von Titus erzählt hatten, stellten sie schnell fest, der gemeinsame Gesprächsstoff mit dem Priester ging nicht aus. Er erzählte, er wolle nach Süddeutschland. In Baden-Baden sei sein Freund Priester. Ihn wolle er besuchen. Maja kannte diesen Priester, sie war mehrfach bei diesem Priester in Baden-Baden zur heiligen Ölung gewesen. Maja erzählte von ihrer russischen Gemeinde in Mannheim, die sie oft besuche. Diese Kirche kannte der Priester auch und freute sich, dass er jemanden auf der Reise gefunden hatte, mit dem er kommunizieren konnte. Später, als sie längst auf der Fahrt waren, erzählte Maja ihm von den Abenteuern und Todesgefahren, die der kleine Titus bisher überstanden hatte.

„Es scheint ein Wunder Gottes zu sein, dass dieses kleine Wesen nach diesen Tortouren noch am Leben ist", meinte Maja.

„Ja", erklärte der Priester, „manchmal verstehen wir Gottes Ratschlüsse nicht. Aber auch über diesem kleinen Tier hatte bis jetzt offensichtlich der Herr im Himmel seine Hand schützend gehalten". Auch ein solches Tier sei ein Geschöpf Gottes. Dann sinnierte er darüber, wie die Menschheit mit der Schöpfung umging. Und ausgerechnet diese Deutschen, stellten sich bei einem solchen kleinen Kater so dusselig und hartherzig an. Als könne ein russischer Kater die gesamte deutsche Katzenwelt ins Verderben stürzen. Diese deutsche Engherzigkeit wollte der Priester nicht verstehen, er erinnerte sich daran, dass ihm sein Freund aus Baden-Baden manche Geschichte mit deutschen Behörden erzählt hatte, die er auch nicht verstanden hatte.

Kaum hatte der Bus die Stadt verlassen, holten drei der Männer auf den vorderen Bänken die Flaschen heraus und begannen zu trinken. Endlich waren sie weg von der Alten, niemand kontrollierte sie. Es dauerte ein paar Stunden und ein Teil des Busses war von feuchter Fröhlichkeit ergriffen. Man erzählte, man lachte, bald fingen die ersten an zu singen. Titus, der sich anfangs nach der ersten großen Aufregung bald ein wenig beruhigt hatte, saß die ganze Zeit auf Majas Arm, wagte aber nicht sich zu rühren. Einer der fröhlichen Trinker fand bald Gefallen an dem kleinen Tier und wollte es streicheln. Aber das gefiel dem kleinen Titus nicht. Er wehrte sich energisch mit seinen kleinen Tatzen.

Der Priester, dem diese ausgelassene, trinkfreudige Gesellschaft auch nicht gefiel, versuchte, die harten Trinker zu beruhigen und von ihrem frevelhaften Tun abzuhalten, aber da war er nicht besonders erfolgreich. Man verspottete ihn, so dass einige von den älteren Frauen böse und verärgert auf die Trunkenbolde losgingen. Das Ganze endete damit, dass die Trinker bald müde und ermattet auf ihren Sitzen hingen, schnarchten und ihre Räusche so heftig ausschliefen, dass sie von der längeren Pause in Moskau nichts mitbekamen.

Auf der Fahrt nach Minsk am folgenden Tage herrschte zunächst Ruhe. Die Kampftrinker hingen ermattet auf ihren Sitzen. Am Abend, wenige Stunden vor Brest tauten sie wieder auf und begannen erneut mit ihrer Trinkerei. Bald war man wieder so weit, dass schauriger Gesang im Bus zu hören war.

Alle vier Stunden hielt der Bus an einer Raststätte. Die meisten der Passagiere stiegen aus, um nach einer Toilette zu suchen. Aber diese Etablissements bestanden aus in der Regel aus hölzernen Häuschen, die im Inneren total verschissen waren. Die Passagiere schlugen sich deshalb lieber in die Büsche. Wenn Maja an einer dieser Raststätten mit ihrem kleinen Kater in der Box nach einem Schlückchen Milch fragte, bekam sie manchmal gleich einen halben Liter. Einmal bekam sie für Titus ein Schüsselchen mit Sahne, die er gleich mit Leidenschaft schlabberte, aber leider nicht schaffen konnte. Das war einfach zu viel für den kleinen Kerl gewesen.

Titus, nachdem er sich in sein Schicksal und die Ungewissheit der Fahrt und den wackelnden Bus gewöhnt hatte, benahm sich auf der Fahrt vorzüglich. Die Fahrgäste bewunderten diesen kleinen tapferen Kater. Wenn er musste, stieg er in seine Blumenschale, die Maja anschließend in der Bordtoilette entsorgte.

„Was für ein goldiges Kätzchen", schwärmten manche der Passagiere, wenn sie sahen, wie ordentlich sich Titus auf der langen Fahrt benahm.

In der zweiten Nacht der Fahrt erreichte der Bus endlich die polnische Grenze.

„Schluss mit der Sauferei", schrie plötzlich der Fahrer durchs Mikrophon. „Russische Alkoholiker lassen die Polen nicht einreisen. Die Polacken meinen, sie sind was Besseres, weil sie in der EU sind. Und die Weissrussen mögen uns auch nicht besonders." Tatsächlich halfen die Ermahnungen des Fahrers. Die Kampftrinker verhielten sich plötzlich still und ruhig.

Vor der Grenze stand der Bus erst einmal eine ganze Weile bis endlich ein weißrussischer Beamter kam und mit grimmiger Miene und energischen Worten die Passagiere aufforderte mit ihrem Handgepäck zur Grenzkontrolle zu gehen. Maja nahm neben ihrer Tasche das Körbchen mit dem kleinen Kater. Der piepste ängstlich, weil er nicht wusste, was da schon wieder geschah. Sie standen in einer langen Schlange vor einem Tresen des weißrussischen Zolls. Ein einziger Zöllner stand da und kontrollierte die Reisenden in epischer Breite und aufreizender Langsamkeit - ein Kerl einsfünfzig mal einsfünfzig im Quadrat.

„Was hat der nur für eine ordinäre Fresse" sagte leise eine der Frauen, die in der Schlange standen. „Ja, so sind sie eben, die weißrussischen Zöllner, sie glauben, sie sind was Besseres", ergänzte leise eine andere. Manche mussten ihr Handgepäck öffnen, in der Regel kontrollierte der dicke Zöllner aber nur die Papiere.

Man stand und stand und bewegte sich in Zeitlupe am Tresen vorbei. Plötzlich entdeckte der dicke Zöllner den kleinen Kater.

„Die Papiere für das Tier" sagte er und machte ein Gesicht, als sei er auf eine Geldquelle gestoßen. Der Zöllner guckte sich die Papiere von Titus lange an, dann fragte er: „und das Transitvisum?" Sie sind durch Weißrussland gefahren. Sie brauchen ein Transitvisum für das Tier."

Natürlich hatte Maja kein Transitvisum, sie hatte auch noch nie etwas von einem Transitvisum gehört. „Wo steht das denn mit dem Transitvisum?" fragte sie den Zöllner energisch.

„In den Zoll- und Grenzübertrittsbestimmungen."

„Dann zeigen Sie mir bitte diese Bestimmungen."

„Was glauben Sie, wenn wir jedem, der hier fragt, erst die Bestimmungen zeigen wollten. Wir würden nie fertig."

Maja hätte am liebsten mit dem dicken Zöllner einen heftigen Streit begonnen, aber den hätte sie verloren, vielleicht hätte man ihr das Kätzchen abgenommen.

„Also" fragte sie ganz laut, „was kostet ein Transitvisum für dieses kleine Kätzchen?"

„Zwanzig EURO" antwortete der Zöllner leise.

„Also zwanzig EURO für dieses kleine Kätzchen" rief Maja laut. Die umstehenden Reisenden hatten alles mitgehört.

„Hat man so etwas schon gehört?" riefen einige in der Schlange. „Wegen eines kleinen Tierchens so viel Geld! Herzlose Menschen, aber so sind die Weißrussen wie wir sie kennen." Das Geschrei wurde immer heftiger.

„Für das Geld kann man fünf Kätzchen kaufen!" schrien einige.

„Das kennt man von den Weißrussen. Das Geld steckt der Dicke in die eigene Tasche. Lässt sich bestechen und schikaniert trotzdem die Leute. Zwanzig EURO willst du für das russische Kätzchen, du weißrussischer Fettsack?" brüllte ein älterer Mann. „Was hat Weißrussland davon, wenn ein kleiner Kater dieses Land durchquert? Ganze Rudel von Wölfen ziehen quer durch Russland nach Polen, da tun sie nichts. Aber bei einem kleinen Kätzchen, da machen sie einen Aufstand."

Der dicke Zöllner sah sich der geballten Volkswut gegenüber. Wäre es Tag gewesen, hätte er die Milizionäre holen können. Jetzt in der Nacht war nur ein einziger verschlafener Polizist im Zollgebäude. Eine ältere Frau schob sich nach vorn zum Tresen. „Habt ihr nicht Jahrzehnte von uns Russen Geld bekommen?" kreischte sie. „Ihr habt das Geld von uns eingesteckt und jetzt schikaniert ihr uns."

Titus verstand diese Schreierei nicht, zum Glück wusste er nicht, dass es um ihn ging. Er saß ängstlich auf Majas Arm und wusste nicht, was er von dem geschäftlichen Treiben um sich halten sollte. Manchmal piepste er, dann bekamen einige der Frauen, die sich in der Nähe befanden, verklärte Blicke. „Was für ein süßes Kätzchen", meinten sie. Andere Frauen, die sich über diesen weißrussischen Zöllner so aufgeregt hatte, schimpften weiter auf die weißrussischen Zöllner, die sich was schämen sollten."

Der dicke Kerl resignierte angesichts der geballten Volkswut. Als er den Stempel in Majas Reisepass drücken und ihr die Papiere des kleinen Titus zurückgeben wollte, erklärte sie ihm, dass sie hier an der Grenze noch ein weiteres Papier in deutscher Sprache bekommen müsse. Der Beamte wusste Bescheid. „Da kommt noch jemand vorbei" sagte er unfreundlich. „Haben Sie etwas Geduld." Die zwanzig EURO, die ihm Maja auf den Tisch gelegt hatte, ließ er liegen. „Stecken Sie das Geld wieder ein" zischte er giftig.

Maja und Babuschka hörten die Nachricht, dass da noch einer kommen würde, mit einiger Skepsis. Deshalb warteten sie mit Sorge und zittrigen Knien auf den Menschen, der das Papier in für westeuropäische Menschen lesbare lateinische Schrift austauschen sollte. Aber niemand kam. Der Fahrer befahl am Ende aller Kontrollen, man möge wieder einsteigen. Niemand kam. Maja wollte protestieren, aber plötzlich fuhr der Bus los. Maja rannte zum Fahrer und begann zu schreien „halten Sie an, die Papiere für den Kater müssen getauscht werden. Halten Sie um des Himmels Gnade, wir sind verloren, unser Kater wird es nicht überleben. Und Ihr seid schuld." Den Fahrer interessierte das nicht. Er hatte von der

Zollbehörde Weisung bekommen, weiter zu fahren also fuhr er und brüllte zurück. „Sag ich's doch. Immer hat man Probleme mit diesem Viehzeug."

Maja fing an, am Arm des Fahrers zu zerren, aber da war sie noch weniger erfolgreich. Er hielt den Bus wieder an und ließ eine verbale Kanonade einschließlich aller erdenklichen schwarzen russischen Flüche auf Maja los. Er drohte, sie aus dem Bus zu werfen, wenn sie nicht augenblicklich Ruhe geben würden.

Maja sah ein, dass sie den Lauf der Dinge nicht beeinflussen konnte. Wieder kamen ihr die Tränen, aber jetzt hatte sie tatkräftigen Trost durch Babuschka und den russischen Priester, der ihr versprach, alle himmlischen und irdischen Hebel in Bewegung zu setzen, um dieses kleine Katzenkind heil über die Grenze in die Europäische Union zu bringen.

Der Bus fuhr nur etwa eine Minute bis er an der polnischen Grenzstation angekommen war. Alle Passagiere mussten auf Geheiß von zwei polnischen Beamtinnen aussteigen, alle Koffer mussten aus dem Kofferraum unter der Passagierkabine geholt und auf den Platz vor den Bus aufgestellt werden.

Einige der Koffer wurden kontrolliert. Die dazugehörigen Besitzer hatten zum Koffer zu kommen, mussten ihn öffnen und mussten den Inhalt ihres Koffers zeigen. Eine etwas zeitraubende Angelegenheit, die obendrein totsterbens langweilig war, denn die Koffer enthielten nahezu ausschließlich irgendwelche Kleidungsstücke oder Mitbringsel für die Verwandtschaft in Deutschland. Majas Geduldsfaden drohte angesichts der Warterei und der zu erwartenden neuen Problem mit dem kleinen Kater zu zerreißen, aber das war nicht zu ändern. Die eintönige

Kontrolle der Gepäckstücke wurde plötzlich unterbrochen, denn auch des Priesters großer Koffer sollte kontrolliert werden. Dort fanden sich vier große Plastikkanister mit unbekanntem Inhalt. Leichte Panik machte sich breit, denn es war nach weltweiten Erfahrungen mit der internationalen Terroristenszene nicht ausgeschlossen, dass sich in diesen Kanistern irgendwelche gefährlichen, brennbaren oder giftigen Stoffe befanden. Der Priester musste ja nicht unbedingt ein echter Priester sein. Nicht auszudenken wäre, wenn dieses unbekannte Material für irgendwelche Attentate verwendet werden sollten. Anschläge auf den Berliner Reichstag oder das Kanzleramt vielleicht? Bei den beiden Beamtinnen verbreitete sich leichte Panik, sie begannen hysterisch zu reagieren und wollten angesichts der potentiellen Gefahr männliche Verstärkung anfordern. Aber der Priester versuchte, die beiden Damen mit Worten und Gesten zu beruhigen. Angesichts der Aufgeregtheiten der polnischen Beamtinnen, war er entsetzt, geriet selbst in leichte Panik und rief den Frauen immer wieder zu: „es ist kein Gift, kein Benzin, kein Sprengstoff, es ist heiliges Wasser, bestes heiliges Wasser von der heiligen Stätte Sergijew Possad mit der Ikone der heiligen Dreieinigkeit. Es ist für die heilige russische Kirche in Baden-Baden bestimmt." Er nahm einen der Kanister aus seinem Koffer, öffnete ihn vor den Augen der Beamtinnen und der umstehenden Fahrgäste und goss ein wenig vom heiligen Wasser in den Deckel des Kanisters und trank es. Dann legte er sich eine gold- und silbern durchwirkte Stola um und rief den Passagieren und den Zöllnerinnen zu, sie sollten zu ihm kommen, er würde sie mit heiligem Wasser segnen und dem Himmel danken, dass er sie bis hierher ohne Dramen und Unfälle gebracht hatte. Sie kamen auch, einer nach dem anderen und ließen sich von dem russischen Priester segnen und mit heiligem Wasser benetzen. Ein paar ältere Frauen, darunter auch Babuschka stimmten fromme Gesänge an, immer wieder riefen sie „Gospodin pomiluij", das russische „Herr erbarme dich". Babuschka hatte den kleinen Titus auf dem Arm, auch er wurde gesegnet und bekam vom Priester ein kleines Kreuz mit heiligem Wasser auf die Stirn. Dieses Wasser gefiel ihm nicht besonders, aber vielleicht verstand er doch, dass in diesem besonderen Fall das Wasser seiner Rettung dienen sollte.

Der russische Priester begann Stellen aus der russischen Liturgie zu psalmodieren, denn er hatte schnell verstanden, mit geistlichen Gesängen konnte man die Herzen der beiden Zöllnerinnen am ehesten erweichen.

Die polnischen Zöllnerinnen verstanden sehr wohl, dass hier eine heilige Handlung vollzogen und der Herrgott um Erbarmen gebeten wurde. Vermutlich waren sie selbst brave Katholikinnen und kannten sich in den kirchlichen Ritualen aus. Deshalb ließen sie sehr bald den russischen Priester mit seinen Wasserflaschen passieren, nachdem er auch sie mit heiligem Wasser bespritzt und den himmlischen Segen über sie ausgebreitet hatte.

Als die Zöllnerinnen nach diesem einmaligen und vermutlich noch nie gesehenen Auftritt eines russischen Priesters an einer polnischen Zollstation plötzlich das kleine Kätzchen sahen und noch voll von inniger Rührung von Maja bescheiden die notwendigen Papiere verlangten, musste Maja kleinlaut zugeben, die Fassung in lateinischer Schrift war nicht vorhanden. Sie erklärte, man habe ihr auf der weißrussischen Seite versprochen, dieses Dokument auszustellen, aber dann sei der Bus einfach weitergefahren. Vielleicht läge das Dokument noch in der weißrussischen Zollstation. Sie würde gern zurücklaufen und das Dokument holen. Aber das lehnten die Zöllnerinnen ab. Sie sahen sich einer neuen Konfrontation ausgesetzt. Ein kleines, dunkles, süßes Kätzchen, das das Herz jedes Katzenliebhabers und gläubigen Christen erweicht und gewiss nichts dafür konnte, dass es in Europa Regelungen gab, die für die russische Katzenwelt kaum verständlich waren.

Eine der Zöllnerinnen hatte leider schon wieder ihre amtliche Miene aufgesetzt. „Sie sind in die Europäische Union eingereist, deshalb können Sie nicht zurück, Sie hätten sonst Schwierigkeiten wieder einzureisen." Sie sprachen zwar ein gebrochenes Russisch, aber Babuschka hatte gemerkt, dass sie auch das Ukrainisch ihrer Kindheit verstanden, deshalb mischte sie sich in dieses Gespräch ein und fing an mit den beiden Zöllnerinnen Ukrainisch zu reden. Sie erklärte den beiden noch einmal die Situation, in die sie geraten waren.

Die beiden Beamtinnen verstanden die Lage sofort, in die dieses arme Kätzchen unverschuldet geraten war. Während man diskutierte, psalmodierte der russische Priester ohne Unterlass und verspritze heiliges Wasser, die russischen Frauen wiederholten ihr „Gospodin pomiluij", so dass die Herzen der Zöllnerinnen durch diese rührende Szene mit dem heiligen Wasser und der heiligen Liturgie des Priesters weich und warmherzig gestimmt waren. Deshalb ließen sie die alte Babuschka und ihr Kätzchen mit der Mahnung passieren, beim nächsten Grenzübertritt müsse das Papier vorliegen. Babuschka erklärte ihnen, ein nächstes Mal gäbe es nicht. Aus diesem Kätzchen würde bald ein echtes deutsches Kätzchen werden. Das fanden die beiden Zöllnerinnen sehr gut und ließen Maja und Babuschka mit dem Kätzchen reisen, denn im anderen Falle hätten sie ohnehin nicht gewusst, was sie mit diesem Kätzchen hätten anstellen sollen. Maja und Babuschka fielen alle Sorgen um den kleinen Titus wie große Wackersteine vom Herzen, dass man es beinahe plumpsen hörte. Babuschka erklärte den beiden laut auf Ukrainisch, der Segen des Herren möge sie immer bewahren und beschützen. Und sie dankten dem Priester für seine frommen und nützlichen Taten. Für Babuschka war es klar, der Himmel hatte den kleinen Titus vor neuen Gefahren behütet. Der Herr hatte ein wachsames Auge auf diesen kleinen Kater gelegt, wie er es schon bei der Errettung aus der Wolga getan hatte. Beide Zöllnerinnen waren sicher, sie hatten ein gutes, christliches Werk getan. Am Ende waren einige der russischen Reisenden zu Tränen gerührt und sangen „Mnogoje leto", das allbekannte Danklied der Russisch-Orthodoxen für die guten Taten der polnischen Zöllnerinnen.

Die Gemeinschaft der Fahrgäste, die inzwischen die Geschichte dieses kleinen Katers kannte, war glücklich und froh über den Verlauf der Dinge und dankten herzlich den polnischen Zöllnerinnen. Einige der Männer holten schon wieder die Flaschen heraus und wollten auf den gelungenen Grenzübertritt dieses kleinen Katzentiers anstoßen, aber die Mehrzahl der Reisenden protestierte gegen diese zügellose Sauferei.

Die harten Trinker ließen es sich anlässlich der Freude über den gelungenen Grenzübertritt des kleinen Kätzchens nicht nehmen, einen Freudenschnaps zu trinken.

Sie stießen noch einmal auf den Erfolg über den gelungenen Katzen- und Wassertransit an, waren aber so ermattet, dass sie nicht einmal mehr Lust zum Saufen hatten. Es war inzwischen Tag geworden und man fuhr durch Polen. Am Abend erreichte der Bus die polnisch-deutsche Grenze. Er wurde vom dortigen Grenzpersonal durchgewunken.

Es war inzwischen später Abend geworden. Manche der Fahrgäste schliefen schon. Nur Titus, der den ganzen Tag gedöst hatte, war plötzlich wach und wollte spielen. Am liebsten wäre er durch den Bus getobt, aber das war nicht erlaubt. Deshalb hatte Maja einige Mühe, den kleinen Kerl in Zaum zu halten. Es hatte genug Aufregungen gegeben, sie wollte den Chauffeur auch nicht unnötig verärgern.

Maja rief mit dem Handy ihren Ehemann George an, der auf ihren Anruf schon gewartet hatte. Er hatte – wie so oft – schon mal kurz vor dem Fernseher geschlafen. Nachdem sie ihm von den neuesten kleinen Katastrophen mit glücklichem Ausgang erzählt und ihm versichert hatte, dass sie ihn noch liebt, sagte sie: „morgen um acht Uhr sind wir da. So ist es jedenfalls geplant. Der Bus hält noch in Berlin, in Hannover, in Düsseldorf und in Frankfurt. Das dauert noch eine ganze Nacht.

Am folgenden Morgen fuhren der Vater und Sascha mit dem Auto an den Busbahnhof in Mannheim und warteten auf ihre Lieben. Zwei Tage und drei Nächte war der Bus unterwegs gewesen. Eine halbe Stunde mussten sie noch warten, dann bog der riesige Bus in die Zufahrt des Busbahnhofs. Als erstes sahen sie Maja, dann die Großmutter mit der Katzenbox in der Hand. Maja rannte gleich auf sie zu und fiel beiden um den Hals.

Dann begrüßten sie die arme Großmutter, die kaum noch laufen konnte. Und den kleinen Titus, den George noch nicht kannte. George steckte seinen Finger in die Ritzen der Katzenbox, aber das gefiel Titus nicht, denn dieser neue Mensch war ihm fremd. Deshalb fauchte das kleine Tier böse und giftig. Alle lachten, aber als der kleine Kater Sascha sah, war er gleich wieder versöhnt. Er freute sich und hopste in dem kleinen Käfig herum, weil er endlich seinen besten Freund und Retter wiedergefunden hatte.

„Was hast du heute gekocht?" war Majas erste Frage. Das war nicht verwunderlich. Wahrscheinlich hatten sie wochenlang nur von Brot, schrecklichen Bockwürsten und gekochten Hühnerflügeln gelebt.

„Ein saftiges Roastbeef" sagte der Vater. Maja bekam verklärte Augen. „Aber bitte zuerst ein wunderbares Frühstück."

George wollte seine Frau etwas inniger in den Arm nehmen, aber sie wehrte sich ein wenig. „Wir stinken", sagte sie. „Drei Tage haben wir uns nicht gewaschen!"

„Das bin ich gewohnt von euch" sagte George, nahm seine Frau in den Arm, drückte und küsste sie bevor sie „du altes Ekel" sagen konnte.

Maja und Babuschka verabschiedeten sich von einigen der Mitreisenden. Am heftigsten und längsten von dem orthodoxen Priester, der die beiden und auch den kleinen Kater zum Abschied noch einmal segnete. Einige der Mitreisenden wollten den tapferen Titus noch einmal streicheln. Auch der Fahrer, der anfangs auf Titus geschimpft hatte, kam und verabschiedete sich. Er war endlich versöhnt mit dem kleinen, tapferen Kater.

Sascha und der Vater schleppten das Gepäck zum Auto. Alle schwatzten sie durcheinander und erzählten gleichzeitig in zwei Sprachen was alles auf der Fahrt passiert war. George erfuhr, der kleine Titus habe sich auf der Fahrt vorbildlich benommen. Schließlich erfuhren George und Sascha noch von den Ereignissen an der Grenze zwischen Weißrussland und Polen.

„Stell dir vor", erzählte Maja immer noch entnervt, „da wollten uns die polnischen Zöllnerinnen wegen dieses dämlichen Wischs den kleinen Titus wieder wegnehmen. Gottlob war da der russische Priester mit seinem heiligen Wasser, der die Situation gerettet hat." Dann erzählte sie, wie der russische Priester und andere Fahrgäste mit frommen Gesängen die polnischen Zöllnerinnen überrumpelt hatten. Titus sei auf der ganzen Fahrt brav gewesen, habe immer in seine Blumenschale gepinkelt und gekackt. Alle Leute im Bus hätten über diesen kleinen Kerl gestaunt und hätten sich gewundert.

Auf der Fahrt im Auto saß Sascha mit Titus auf der Rückbank. Er hatte den kleinen Titus auf dem Arm, der war aber – wie man so sagt – hundemüde, die Äuglein fielen ihm immer wieder zu und sein Köpfchen baumelte wie ein Lämmerschwanz über Saschas Arm. Noch eine halbe Stunde Fahrt, dann war man endlich zu Hause. Dort standen schon einige Nachbarn auf der Straße. „Na endlich" meinten einige. „Die verlorene Tochter aus Russland." Dann bewunderten sie den kleinen niedlichen, dunkelgrauen Kater, der ängstlich in diese neue Welt mit lauter fremden Menschen guckte.

Das neue Zuhause für den kleinen Kater

Der Vater George hatte Katzenfutter für Katzenkinder besorgt, der kleine Titus, der zwar noch müde war, begann aber sofort zu fressen. Vermutlich hatte er solch wunderbares Futter noch nie gefressen. Er war jetzt ohne Schwanz um die dreißig Zentimeter lang, aber er verschlang die kleinen Fleischbrocken wie ein kleiner Wolf. Dann zeigte ihm Sascha das ganze Haus. Ein großes Haus über zwei Stockwerke. Die Wendeltreppe, die sich in einer Nische am Rande des Wohnzimmers befand, führte ins obere Stockwerk. Titus hatte schnell gemerkt, dass sich diese Treppe hervorragend als Kletterbaum und Turngerät eignete. Überall durfte er hin nur nicht in den Keller. Aber da war es dunkel und Mäuse gab es dort auch nicht.

Ein paar Tage nach der Ankunft ging Maja mit dem kleinen Titus zur Tierärztin im Dorf. Die hatte schon ein paar

Gerüchte um den kleinen Titus gehört. Aber Maja musste die ganze Geschichte um Titus erzählen, schließlich gab es nur wenige Katzen auf dieser Welt, die solche Abenteuer erlebt hatten. Die Tierärztin und ihre junge Gehilfin hörten genau zu, was Maja zu berichten hatte und kommentierten Majas Erzählungen mit ‚ah' und ‚oh' und ‚das gibt's doch nicht, sind die Leute verrückt' und so weiter. Beide hatten schon allerlei Abenteuer um Tiere gehört, aber diese verrückte Geschichte mit den Fahrten von der Wolga nach Deutschland und zurück, und der mit heiligen Handlungen erfolgte Grenzübertritt war eine neuerliche Variante abenteuerlicher Tiergeschichten.

Titus brauchte einen neuen Ausweis in deutscher, englischer und französischer Sprache. Als die Tierärztin hörte, von welcher Sorte dieser kleine Kater angeblich sein sollte, lachte sie laut. Eine Sibirische Katze gibt es zwar, aber die sieht anders aus. Das ist eine niedliche Promenadenmischung. Aber auf die Reinrassigkeit kommt es nicht an. Hauptsache, der Charakter ist gut. Das scheint ja so zu sein. Sie fand den Kleinen so wunderhübsch, dass sie ihm selbstverständlich sofort den neuen Katzenausweis ausstellte.

Das Haus der Familie stand in einem Dorf in der Nähe der Stadt Rebenhausen abseits der Hauptstraße. Hinter dem Haus begannen Felder und Weinberge, ein wenig weiter begann der Wald. In dieser neuen Umgebung gab es Geräusche, die Titus noch nie gehört hatte. Das Quaken der Frösche im Dorfteich zum Beispiel und das Geschnatter von Enten. Beim Nachbarn gab es Hühner und einen Hahn, der sehr merkwürdige Töne von sich gab. Und es gab viele Vögel, die am Himmel umher schwirrten, sangen, schilpten oder schimpften. Als er zum ersten Mal Schafe blöken hörte, war er so erschrocken, dass er gleich zu Sascha lief und sich bei dem unter dem Bett verkroch.

Das neue Haus war aufregend, alles war neu und groß und fremd, auch der neue Mann im Hause, den sie alle Vater oder George nannten. Titus suchte bald nach anderen Katzen im Haus, aber er fand sie nicht. Und den alten Djeduschka fand er auch nicht. Zum Glück waren Maja, Babuschka und Sascha da, vor allen Dingen Sascha, mit dem man spielen und herumtoben konnte. Leider musste Sascha immer wieder morgens weg. Von den Erwachsenen hatte er gehört, der Sascha müsse in die Schule, was auch immer das sein mochte. Deshalb war er erst am Nachmittag wieder für den kleinen Titus da. Dann musste er immer wieder am Tisch sitzen und in irgendwelchen Heften schreiben. In der Hand hielt Sascha einen Stift, mit dem er immer wieder auf einem Papier kritzelte. Diese Schreiberei fand Titus ziemlich langweilig. Deshalb versuchte er immer mal, den Stift in Saschas Hand festzuhalten. Aber Sascha schrieb trotzdem weiter. Bei den Schularbeiten saß der Kater auf dem Schreibtisch neben dem Heft und guckte zu wie Sascha schrieb oder rechnete. Wenn er dem kleinen Kater die Schreiberei zu langweilig wurde, setzte er sich mit seinem Hinterteil direkt auf die Stelle, wo Sascha gerade schrieb. Das sollte dann heißen ‚jetzt ist es aber genug mit der Schreiberei, spiel mal zwischendurch mit mir.'

Auch der Vater war den ganzen Tag weg. Wo der sich herum trieb, verstand Titus nicht. Aber Maja war wenigstens fast immer da.

Das Katzenkinderfutter war für Titus gewöhnungs-bedürftig, denn es schmeckte so wunderbar. Bei der Babuschka in Russland hatte es so etwas Besonderes wie

Katzenkinderfutter nicht gegeben. Da musste ein kleiner Kater fressen, was auf den Tisch oder in den Napf kam.

Für die nächsten Tage hatte der Vater für die Familie Fisch besorgt, denn der russische Teil der Familie aß besonders gern Fisch. Titus, der während des Essens auf dem Klavier saß, guckte schon die ganze Zeit mit einiger Gier auf die Teller der Erwachsenen. Irgendwann war das Essen vorbei, Maja räumte die Fischreste ab und stellte sie in die Küche. Während des Nachtischs waren schmatzende Geräusche aus der Küche zu hören. Der kleine Titus war über eine Trittleiter auf den Küchenbord gesprungen und nagte an den Fischresten. Er hatte ein riesiges Stück Haut im Maul und zog es über den Küchenbord. Alles lachte, als sie den kleinen Titus mit der Fischhaut sahen. „Das ist russische Schule" meinte George und lachte. „Der ist nicht so verwöhnt wie manche der deutschen Katzen."

Es brauchte eine Weile, bis sich Titus an das Haus gewöhnt hatte. In seiner Neugier wollte er zum Beispiel einmal eine der Toiletten genauer untersuchen. In Russland hatte er eine Flachspültoilette kennen gelernt, die ihn aber schon mal in einige Verlegenheit gebracht hatte. Hier in diesem Hause gab es nur Tiefspültoiletten. Da musste man als neugieriges Kätzchen schon mal genauer nachsehen, was es mit diesem tiefen Loch auf sich hatte. Dumm war nur, dass er dabei das Gleichgewicht verlor, plötzlich ins Wasser plumpste und vermutlich ähnliche Ängste hatte wie bei seinem Bad in der Wolga. Maja hörte zum Glück das Schreien des kleinen Titus. Sie zog ihn aus der Kloschüssel und rettete ihn so wiederum aus einer lebensbedrohlichen Lage.

Maja stellte nach dieser neuerlichen Rettungsaktion fest, man konnte gar nicht mehr zählen wie oft dieser kleine Kerl dem Tod sozusagen von der Schippe gesprungen war. Es schien tatsächlich so als habe der kleine Titus einen mächtigen himmlischen Schutzengel.

An den Vormittagen döste Titus in der Regel. Dann war er nachmittags wach und munter. Denn Sascha kam mittags aus der Schule. Dann wich der kleine Kater nicht mehr von der Seite seines Retters und Spielkameraden. Wenn Sascha Klavier übte, saß Titus oben auf dem Klavier und schaute Sascha interessiert zu, was der mit seinen Fingern machte. Und wenn Titus meinte, jetzt sei es nun genug mit der Überei, begann er an den Noten zu kratzen oder sprang auf die Klaviatur und erschrak dabei, dass er selbst plötzlich heftige kakophonische Töne verursachte. Manche Stücke, die Sascha spielte, schienen ihm überhaupt nicht zu gefallen. Chopin zum Beispiel. Chopins Noten waren in wenigen Wochen vollgepinkelt und in kleine Schnitzel zerrissen. Gottlob waren es nur die Kopien der Noten. Die Originale hatte Maja in einem Schrank sicher verwahrt.

Jeden Abend folgten die gleichen Rituale. Wenn Sascha ins Bett stieg, hüpfte Titus hinterher und lecke ihm erst einmal den Kopf ab. Maja gefiel das gar nicht, konnte es aber nicht verhindern, weil der kleine Titus immer wieder den Weg in Saschas Bett fand und mit seinen schmusigen Leckereien begann.

Weitere Abenteuer

Die Großmutter war längst wieder zurück nach Russland gefahren und wollte immer wieder Berichte haben, was der kleine Titus anstellte. Sie freute sich, dass es dem kleinen

Kerl gut ging und amüsierte sich darüber, was der so alles anstellte.

Der Sommer stand in voller Blüte. Zu den Sommerferien hatte George für zwei Wochen ein kleines Ferienhaus in Südfrankreich am Mittelmeer in der Nähe der spanischen Grenze gemietet. Am ersten Ferientag fuhren sie morgens mit dem Auto los. Maja saß auf dem Rücksitz und hatte Titus auf dem Schoß. Der kleine dunkelgraue Kater hatte inzwischen eine stattliche Größe erreicht. Mit seinem schönen Fell und seiner buschigen Halskrause war er schon eine eindrucksvolle Katzenpersönlichkeit. Die erste Stunde im Auto maulte Titus herum, offenbar gefiel ihm diese Fahrerei nicht. Vielleicht, so dachte er, würde das wieder eine der schrecklichen Fahrten werden, die er in seinem Leben schon erlebt hatte. Bei jedem Auto, das ihnen entgegenkam, verkroch er sich unter Majas oder Saschas Arm. Wahrscheinlich war er entsetzt darüber, was da auf der Straße für schreckliche Ungeheuer entgegenkamen. Irgendwann fügte er sich in sein Schicksal, wurde müde und saß bald stundenlang mit geschlossenen Augen auf Majas Schoß.

Maja hatte das Katzenklo mitgenommen. Alle paar Stunden machten sie eine Pause, aßen etwas und erleichterten sich. Auch Titus bekam zu fressen und pinkelte fast immer artig auf Kommando, wenn man ihn auf den Topf setzte.

Abends, nach zwölf Stunden Fahrt, erreichten sie das kleine Städtchen am Meer. Das Haus stand in einer Seitenstraße nicht weit vom kleinen Hafen und von der Hafenpromenade entfernt. Es war ein größeres Haus, unten befanden sich eine Küche, ein großer Wohn- und Essraum und kleinere Wirtschaftsräume. Oben befanden sich drei Schlafzimmer und ein Bad. Vor dem Haus neben dem Hauseingang befand sich ein größerer Vorgarten mit Bäumen und einem gepflasterten Platz mit Tisch und Stühlen. Es war warm, man konnte abends zum Essen im großen Vorgarten vor der Haustür sitzen.

Nach der langen Fahrt aß die Familie noch ein wenig von dem Essen, das sie für die Fahrt eingepackt hatten. Einkaufen wollten sie am folgenden Tag. Nach dem Abendessen ging die kleine Gesellschaft auf einen kurzen Spaziergang zum Wasser. Der Kater war immer dabei, er saß auf Majas oder Saschas Arm, hielt seine Nase in den Meereswind und zappelte immer mal. Als sie am Meer standen, dachte er vielleicht, das viele Wasser sei die Wolga und erinnerte sich daran, dass er in einem solchen großen Wasser schon einmal in höchster Not gewesen war.

Maja war von den Eindrücken überwältigt. Ein Besuch in Frankreich, besonders in Paris war für sie während ihres Lebens im Sozialismus immer ein nie zu verwirklichender Traum gewesen. Jetzt war sie zwar nicht in Paris, aber in diesem Land ihrer Sehnsucht angekommen, deshalb genoss die dieses bescheidene Flair der südfranzösischen Strandpromenade mit seinen Cafés und den Menschen, die auf der Straße saßen, Kaffee tranken oder in einem kleinen Park Boule spielten.

Lange blieb man nicht auf der Promenade. Denn George war von der Fahrt hundemüde, die anderen einschließlich des kleinen Katers waren auch nicht besonders munter. Deshalb ging die Familie bald ins Bett. Sascha hatte ein kleines Zimmer für sich allein. Bei ihm im Bett schlief natürlich der Kater Titus.

Am Morgen nach der ersten Nacht wurden George und Maja von einem Schrei aufgeweckt. Sascha schrie wie am

Spieß. „Der Kater, der Kater" brüllte er, „Papa hilf, der Kater ist ausgerissen. Er sitzt auf dem Dach über der Haustür. Papa, Papa, mach was. Wenn er von dem Dach fällt, ist er tot, vielleicht verschwindet er über die Dächer." Maja war nicht weniger aufgeregt, „wenn der abhaut, finden wir ihn nie wieder, dann war alles umsonst."

George war inzwischen in seinem karierten Nachthemd an Saschas Fenster gegangen, um sich das Drama von oben zu betrachten. Maja stand neben ihm am Fenster, aufgeregt wie ein gackerndes Huhn, heulend, „wenn der Kater weg ist, waren alle Mühen um den kleinen Kater umsonst. Die vielen Aufregungen, die vielen Rubel und Euro. Ich bringe mich um."

Weil sie sich wegen irgendwelcher Lappalien immer mal umbringen wollte, nahm George diese Drohung nicht besonders ernst.

George stellte fest, der kleine Kater hatte sich durch die Ritzen des Gitters vor den bodentiefen Fenstern gequetscht und war einen halben Meter tief auf das gläserne Vordach vor dem Hauseingang gerutscht. Er hätte zwar nach oben hopsen können, aber der Bursche hopste nicht. Still saß er auf dem Vordach.

Vater George rannte mit wehendem Nachthemd vor die Haustür um sich einen besseren Überblick über die Lage zu verschaffen. Auf der Straße waren schon die ersten Menschen stehen geblieben, um nach dem Anlass der Schreiereien und dem merkwürdigen Auftritt des Mannes im karierten Nachthemd zu sehen. Ein wunderbares Theater! Man lachte über George, der wie ein Clown im karierten Nachtgewand im Vorgarten herumsprang. Titus saß still auf dem Glasdach ungefähr drei Meter über der Schwelle der Eingangstür. Er war vermutlich selbst am überlegen, wie er aus dieser misslichen Lage wieder herauskam. Aber eine Idee hatte er offenbar noch nicht. Im Augenblick schien ihm dieser Platz in der wärmenden Morgensonne zu gefallen. Der Vater stellte sich unter den Rand des Glasdaches und begann mit Engelszungen auf den kleinen Titus einzureden.

„Du brauchst nur zu hüpfen", sagte er mit zarter Stimme. „Spring, mein Kleiner", säuselte er, „hab keine Angst, ich fang dich auf".

Aber Titus dachte nicht daran zu springen. Vermutlich traute er Vaters Versprechungen nicht. Oder er verstand die deutsche Sprache noch nicht. Er saß friedlich auf dem Dach, guckte nach unten und hörte sich an, was der Vater sagte. Es schien ihm in der Morgensonne auf dem Dach zu gefallen. Da Titus keinerlei Anstalten machte, sich in irgendeiner Weise zu bewegen, suchte George nach einer Leiter, er fand aber keine. Leider kannte er sich in diesem Haus noch nicht so gut aus. Lange suchen wollte er aber auch nicht. Deshalb nahm er den Esstisch, der im Vorgarten stand, stellte ihn unter das Vordach, nahm einen Stuhl und kletterte auf den Tisch. Maja hatte sich inzwischen einen Morgenrock angezogen, stand bei ihm und unterstützte den Vater mit guten Ratschlägen in Form von russischen und deutschen Redeschwallen. Sie bekreuzigte sich mehrfach und rief in ihrer Not den heiligen Nikolaus an, den Schutzpatron aller orthodoxen Christen und russischen Kätzchen. Alle diese Maßnahmen halfen nur zum Teil. Bei dem Tisch, zum Beispiel, versagte der Beistand des Heiligen. Es handelte sich bei diesem Tisch um eines dieser Exemplare, die man in gewissen schwedischen Möbelhäusern für neunundneunzig Euro neunundneunzig Cent erwerben kann. Unter der Last des nicht ganz leichtgewichtigen Vaters brach der Tisch zusammen, der Vater mit seinem karierten Nachtgewand landete mit seinem wertvollen Hinterteil und großem Krach in einer Oleanderhecke.

Statt Mitleid mit dem armen, gefallenen Mann zu haben, gab es auf der Straße schallendes Gelächter. Auch Sascha hatte kein Mitleid mit dem armen Vater. Er stand oben am Fenster und lachte gemeinsam mit den Zaungästen auf der Straße unverschämt aus vollem Halse über den gefallenen Vater. Nur Maja war in größter Sorge um ihren Ehegatten und fragte George erregt, ob er noch beim Leben sei, wollte das kostbare Hinterteil des Ehegatten besichtigen und den Notarzt holen. Den Kater auf dem Dach berührten diese Dramen um den Vater nicht.

Gottlob war George mit dem Leben davongekommen. Er stand auf, nichts schien gebrochen, nur das Hinterteil schmerzte etwas. Deshalb suchte er gleich nach einem weiteren Gerät, um den kleinen Kater vom Dach zu holen. In einem Schuppen hinter dem Haus fand er schließlich doch noch einen Küchentritt mit drei Stufen. Dieses Gerät stellte er unter das Dach. Er erreichte zwar mit seinen Händen den Rand des Daches, aber weiter kam er nicht. So konnte er auch den kleinen Kater nicht fassen. Titus kam zwar immer mal an den Rand des Glasdaches und guckte neugierig, was sich da so alles tat, rätselte vermutlich darüber, was der Vater da anstellte, aber fassen ließ er sich nicht.

Maja hatte inzwischen eine Dose Katzenfutter aus dem Haus geholt. Vielleicht - so dachte sie – konnte man den Kater mit einem leckeren Happen locken.

George hielt Titus die Dose unter die Nase. Der Inhalt bestand aus Rind und Leber und gehörte zu den Lieblingsspeisen des kleinen Katers. Aber wahrscheinlich war er satt, denn beides schien für ihn im Augenblick nicht besonders interessant zu sein. Er schnüffelte daran, zog eine Schnute und zog sich zurück auf die Mitte des kleinen

Daches. Vielleicht hätte man ihn mit einem Fisch aus dem Meer locken können. Aber den hatte man gerade nicht bei der Hand.

Sascha war inzwischen aus dem Haus gekommen, er hatte einen riesigen Stockschirm in der Garderobe des Hauses gefunden, einen dieser typischen englischen Geräte mit einem großen, runden, hölzernen Knauf. Der Vater nahm den Schirm und überlegte, wie man den Kater mit dem Knauf des Schirmes fangen konnte. Der Kater musste wieder an den Rand des Daches gelockt werden. Das ahnte vermutlich Titus, er lag jedenfalls auf dem Dach in der Morgensonne und dachte eine ganze Zeit nicht daran, sich auf diesem Dach zu bewegen. Sascha und Maja standen unten im Vorgarten und versuchten, Titus mit süßesten Versprechungen an den Rand des Daches zu locken.

Auf der Straße hatte sich inzwischen eine ganze Versammlung von Schaulustigen eingefunden. Man lachte und gab lustige und hämische französische Kommentare über die verrückten Deutschen von sich. Und man machte Vorschläge, wie man den Kater am besten fangen konnte. Tatsächlich ließ sich Titus – vermutlich aus Neugier - nach einer Weile wieder am Rand des Glasdaches blicken. Der Vater hakte blitzschnell den runden Knauf des Regenschirms um Titus' schmalen Leib und zog ihn nach unten. Titus machte einen kleinen Plumps und fiel in Vaters Arme.

Die Zuschauer auf der Straße klatschten Beifall. Maja atmete auf, setzte sich erst einmal und versuchte, ihren Blutdruck auf normales Niveau zu drücken. Sascha sprang um den Vater herum, nahm ihm den Kater ab, hielt ihn auf seinem Arm und streichelte ihn.

Beim anschließenden Frühstück beruhigte sich die ganze Familie. Georges Rücken schmerzte war noch etwas, aber der einzige materielle Verlust war der Tisch, der aber – wie der George feststellte – gottlob wieder geleimt werden konnte.

Nach dem Frühstück ging es wieder in die Stadt. Es musste Essen und Trinken für den Abend und die nächsten Tage eingekauft werden. Titus war immer dabei, meistens saß er auf Saschas Arm. Gelegentlich wurde Sascha auf der Straße angesprochen, weil sich die Geschichte mit dem Kater auf dem Glasdach und dem verunglückten Herrn im karierten Nachtgewand längst in dem kleinen Fischerdorf herumgesprochen hatte. Meistens waren es ältere Frauen, die Näheres über die Rettung des Katers wissen wollten. Trotz einiger Sprachprobleme konnte die Rettung in ihren Grundzügen dargelegt werden. Manche der älteren Damen äußerten sich überrascht und hoch zufrieden mit „mon dieu, mon dieu". Eine von ihnen wollte wissen, was das für eine Rasse sei. So eine Art Kater habe man in Frankreich noch nie gesehen. So ein schönes Tier. Dann wollte sie wissen, wie groß dieses Tier noch werden würde.

Der Vater beantwortete alle Fragen mit großer Gewissenhaftigkeit. Ein Jahr sei er nun, er käme geradewegs aus Sibirien und sei vermutlich eine Sibirische Katze. Dann hielt er seine flache Hand neben sein Knie und zeigte damit, wie groß dieses Katzentier noch werden würde. Die Dame machte riesige Augen, rief ach und weh und immer wieder „mon dieu, mon dieu". Dann streichelte sie Titus, der sich das gern gefallen ließ.

Am Nachmittag dieses zweiten Urlaubstages hatte der Vater nach all' den Aufregungen und Anstrengungen das Bedürfnis, sich für ein Stündchen hin zu legen. Er konnte sich leider nur auf den Bauch legen, weil sein Hinterteil, wie Maja feststellte, von dem Sturz grün, gelb und blau gefärbt war. Sascha passte es nicht, dass der Vater sich ausruhen wollte, er wollte gern am Wasser angeln. Dazu brauchte er aber den Vater, denn der sollte ihm eine Angel kaufen. George vertröstete den Jungen angesichts seines beschädigten Hinterteils und versprach ihm, sich am folgenden Tage der Angelei zu widmen. Er empfahl Sascha im Garten nach Würmern zu suchen. Ohne Würmer würde das Angeln erfolglos werden. Tatsächlich hatte der Junge am Abend ein paar Würmer gefunden, die er in einem leeren Glas gefangen hielt. So ging die Familie mit Ausnahme von Titus am folgenden Tage zum Hafen. Titus musste zu Hause bleiben. Vater kaufte Sascha eine einfache Angelrute mit Schnur und Haken und zeigte Sascha wie man die Würmer auf den Haken piekte. Das tat er fachmännisch und mit großer Überzeugung, obwohl er von der Angelei keine Ahnung hatte. Sascha selbst war sicher, dass er vom Angeln mehr verstand als der Vater und ärgerte sich über die Belehrungen des Vaters. Dabei hatte auch er vom Angeln keine Ahnung. In diesen kleinen Streit mischte sich Maja, die für sich reklamierte, dass sie, weil sie an der Wolga aufgewachsen war, am ehesten etwas von der Angelei verstünde. Dabei hatte sie selbst noch nie in ihrem Leben geangelt, obwohl sie gelegentlich von der Angelei in der Wolga schwärmte.

Sascha zog also einen seiner Würmer auf den Haken und warf diesen ins Wasser. Sascha und Maja hielten sich beide an der Angel fest, die eine sagte „hot" der andere „hüh" mit der Folge, dass beide immer mal ins Wasser zu fallen drohten. Der Vater guckte sich diese Art von unsinniger Angelei eine Weile an, und drohte, „wenn ihr nicht bald aufhört mit diesen Albereien, nehme ich euch die Angel weg und gehe nach Hause."

Dieses Spiel dauerte etwa eine Stunde mit dem Ergebnis, dass zunächst kein Fisch des westlichen Mittelmeeres auch nur daran dachte, an diesem merkwürdigen Haken anzubeißen. Einer der beiden Angler rannte immer mal wieder weg und beschwerte sich bei George über den anderen. Der aber dachte nicht daran, zwischen den beiden Angelstreitern zu schlichten. Mitten in diesen Auseinandersetzungen fing plötzlich der Schwimmer an der Angelschnur zu wackeln. Das konnte nur Gutes bedeuten. Sascha riss die Angelschnur nach oben, und tatsächlich hing da ein mittelgroßer Fisch am Haken. Der Junge jubelte, erklärte seiner Mutter, dass sie bei ihm lernen könne wie man angelt. Sie dagegen war sicher, bei diesem Fisch konnte es sich nur um ein debiles Exemplar handeln, denn welcher Fisch wäre so verrückt und beiße in diesen komischen Angelhaken.

Sascha versuchte, den Fisch in die Hand zu nehmen, um ihn vom Haken zu lösen. Aber er ekelte sich sofort vor diesem glitschigen Tier, das nun zur weiteren Verarbeitung getötet werden musste. Jetzt musste der Vater wieder ran, denn die beiden Anglerhelden waren nicht in der Lage, das zappelnde Tier vom Haken zu lösen und ihm die Kehle durchzuschneiden. Das musste George machen, der diese Aufgabe mit einem Schnitt unterhalb der Kiemen des Tieres erledigte.

Nach der erfolgreichen Angeltour saß man am frühen Abend vor dem Haus in der Sonne und erzählte ein wenig miteinander. Der Vater hatte die Teile des zerbrochenen Tisches aus dem bekannten schwedischen Möbelhaus wieder zusammengeleimt. Immer wieder erzählte man sich gegenseitig die Geschichte mit dem Fisch in allen Einzelheiten und mit großer Bedeutung als habe man einen Hai aus dem Ozean geangelt. Am Abend, so versprach George seiner Familie, würde es Fisch geben, den ersten Fisch, den ihr Sohn geangelt hatte. Sascha hatte Titus ins Haus gesperrt, er sollte nicht weglaufen. Der Fisch lag derweil in der Küche auf einem Holzbrett und wartete auf seine Zubereitung. Sascha war ungeduldig und bat den Vater immer wieder, er möge doch bitte den Fisch endlich zubereiten. Der erste selbst geangelte Fisch auf seinem Teller. Da durfte man ein wenig ungeduldig sein.

„Quengele nicht so", meinte der Vater. „ich mache das, aber lass mich noch ein bisschen ausruhen. Das Hinterteil schmerzt immer noch so heftig." Während Sascha mit der Quengelei nicht aufhörte, waren plötzlich im Hause Geräusche zu hören. Als Sascha aufsprang und die Haustür öffnete, um nach diesen Geräuschen zu sehen, kam ihm Titus entgegen, der den Fisch am Schwanz gepackt hatte und hinter sich herzog. Die Erwachsenen mussten herzlich lachen, als sie Titus mit dem Fisch im Maul sahen. Sascha selbst wusste nicht, ob er lachen oder weinen sollte. Es war zwar zu komisch, wie Titus sich mit diesem Fisch abmühte. Andererseits war Sascha traurig um seinen Fisch, denn er ahnte, dass er von seinem großen Fang vielleicht nicht mehr allzu viel abbekommen würde.

Die Mutter meckerte auf Sascha, weil er den Kater oder den Fisch nicht ordentlich weggesperrt hatte. Sie nahm dem Kater den Fisch aus dem Maul, schnitt ein Stück davon ab, zerkleinerte es und gab es Titus in dessen Fressnapf. Titus freute sich über ein wunderbares Stück Fisch und verschlang es mit großem Appetit.

Den Rest gab sie George, der sollte es gleich braten und Sascha zum Abendessen servieren. So hatte sich das Sascha vorgestellt. Sein erster selbst geangelter Fisch, nun brauchte man nur noch den Vater, der ihm das Tier braten musste. Der tat das dann auch. Das Ergebnis dieser ersten selbst geangelten Fischmahlzeit war nicht erhebend. Da gabs mehr Gräten als Fleisch. Dieses Tier war – wie die Norddeutschen sagen – ein Nadelkissen. Die übrige Familie musste nicht hungern, denn auf dem Rückweg vom Hafen hatte George in einem Fischladen ein großes Stück Lachs gekauft. Das reichte für Maja und George. Der Rest, der von diesem Lachsstück übrigblieb, war genug für mehrere große Katermahlzeiten an den folgenden Tagen.

An den nächsten Tagen machten sie kurze Fahrten in die ländliche Umgebung. Nach Spanien war es nicht weit, deshalb drängelte Sascha immer wieder, er wolle auch mal nach Spanien, dort sei er noch nie gewesen. Als hinge das Leben eines zehnjährigen Kindes davon ab, ob es einmal in Spanien war. Eines Kindes, das schon viel mehr von der Welt gesehen hatte, als die meisten Kinder dieser Erde. An einem dieser Tage fuhr die Familie einschließlich Titus am späten Vormittag los. Bis zur Grenze waren es nur ein paar Kilometer. Kontrollen gab es an dieser Grenze offiziell seit Jahren nicht mehr, jedenfalls nicht im Normalfall und nicht für Europäer. Nach einer knappen Stunde Fahrt über viele Serpentinen kam man nach Portbou. Sascha fand alles aufregend, die Fahrt über die Berge, die vielen Kurven, das kleine Städtchen am Hafen. Man konnte dort gut einkaufen, besonders billig waren, wie George feststellte, Wein, Schnaps und Benzin. Die Familie schlenderte durch die Stadt, Titus saß brav und ein wenig ängstlich auf Majas Arm und ließ sich den Seewind um die Nase wehen. Man guckte hier und guckte da, lief ein Stück die Hafenanlagen entlang, beguckte sich die prächtigen Schiffe, die dort lagen und kaufte ein paar Sachen in einem der Supermärkte.

Am späten Nachmittag fuhr man wieder zurück nach Frankreich. An der nahen Grenze, die man gewöhnlich angesichts ihrer Harmlosigkeit übersehen konnte, standen überraschend ein Dutzend spanischer und französischer Grenzbeamte die jedes Fahrzeug kontrollierten, das die Grenze passieren wollte. Mit ernsten Mienen und großer Sorgfalt kontrollierten sie ein Fahrzeug nach dem anderem, so dass sich auf beiden Seiten der Grenze schon längere Staus gebildet hatten. Es sah so aus als suchten sie illegale Einwanderer aus dem westlichen Afrika oder schändliche Schmuggler. Maja und George dachten sich nichts weiter bei diesen Kontrollen, sie hatten ihre Pässe dabei und hatten nichts zu verbergen. Dumm war nur, dass die Abfertigung sehr langsam vonstatten ging.

Während sie in der Schlange vor dem Grenzposten standen, sammelte Vater George die Ausweispapiere der Familie ein. Sogar den Pass für Titus hatten sie dabei.

Der spanische Grenzbeamte guckte sich die Papiere an, blieb nachdenklich stehen und holte schließlich einen seiner Kollegen, der sich ebenfalls die Papiere anguckte. Die beiden Beamten unterhielten sich eine Weile, dann gaben sie George die Personalpapiere zurück, nur den deutschen Katzenausweis hielten sie zurück. Schließlich fragte einer der beiden in einem etwas merkwürdigen Englisch, woher denn diese Katze käme.

„Aus Russland" antwortete George. „Das sehen Sie doch an dem Tierpass."

„Da ist Bild", meinte einer der Beamten, „aber wie sollen glauben, dass das Kater ist? Tier auf Bild ist viel jünger als dieses Tier. Und nix in Spanisch. Wir nicht verstehen."

„Na ja," meinte George, „auf dem Passbild ist er vielleicht drei Monate, jetzt ist der schon über ein Jahr alt. So ein Kater wächst. Das ist bei jedem Tier so. Bei Menschen übrigens auch. Das Tier ist gechipt, sie können es überprüfen."

„Sie können viel erzählen", meinte einer der Grenzbeamten und wies George an, ein Stück auf die Seite neben den Grenzpfahl zu fahren. „Pardon", meinte er, „wir Chip prüfen, dazu muss kommen Tierarzt."

„Wozu brauchen Sie einen Tierarzt?" fragte George. „Glauben Sie nicht, dass das eine Katze ist?"

Der Beamte verbat sich solche unpassenden Bemerkungen. George fuhr verärgert an die Seite, aber noch ahnte er nichts Böses, denn er war sicher, die Sache würde sich bald aufklären.

Bald war – wie sich nach einer Weile herausstellte – hoffnungslos untertrieben. Ein spanischer Tierarzt kam schließlich nach einer guten Stunde, als Titus und Sascha sich inzwischen anstellten, vor Hunger zu sterben. Der Arzt überprüfte den Chip, aber er erklärte, das sei kein europäischer Chip, der würde in Spanien nicht gelten. Der Tierpass mit diesem gänzlich veralteten Passbild sei nicht gültig, er sei im übrigen nicht in spanischer Sprache ausgestellt, außerdem sei Spanien irgendeiner internationalen Katzenkonvention nicht beigetreten. Der Kater müsse, weil offensichtlich aus Russland eingeführt und mit einem ungültigen Chip versehen, in Quarantäne oder eingeschläfert werden. Sie könnten den Kater aber auch bei einem spanischen Veterinäramt als spanischen

Kater anmelden. Das nächste Veterinäramt befände sich in Barcelona. Es hat Dienstzeiten wochentags von 9.00 bis 12.00 Uhr und von 15.00 bis 17.00 Uhr.

George fragte ihn auf Deutsch, ob er noch ganz dicht sei, aber das verstand der Spanier nicht.

„Dumm von Ihnen, dass Sie den Tierpass vorgezeigt haben", sagte der Tierarzt. „Hätten Sie das nicht getan, wäre man davon ausgegangen, Sie hätten das Tier in Spanien auf der Straße aufgelesen."

„Dann vergessen Sie den Pass", meinte George.

Maja fing an zu schreien bevor der Tierarzt antworten konnte. Die schrecklichsten russischen Flüche prasselten auf den Tierarzt und die spanischen Beamten nieder. Gottlob verstand sie niemand. Im anderen Falle hätte Maja sich vermutlich einige Monate Arrest wegen Beamtenbeleidigung eingehandelt. Sascha hatte angefangen bitterlich zu weinen, er hatte Sorge, dass man ihm seinen liebsten Kameraden, dem er schon einmal das Leben gerettet hatte, mit dem er schon so oft gemeinsam gelitten hatte, wegnehmen würde. Für ihn war Titus wie ein kleiner lieber Bruder geworden. Jetzt drohte man, ihm dieses allerliebste Tier weg zu nehmen.

Die französischen Beamten auf der anderen Seite der Grenze hatten inzwischen wegen Majas Geschrei gemerkt, dass sich in diesem deutschen Auto auf der anderen Seite der Grenze irgendwelche Dramen abspielten. Einer der Franzosen, der offenbar das Theater um den kleinen Kater mitbekommen hatte, rief seinem spanischen Kollegen zu, sie sollten nicht diesen lächerlichen Aufstand machen. „Eure Stiere für den Stierkampf kommen aus Marokko oder sonstwo her. Die sind auch nicht gechipt. Da macht ihr auch keine Probleme."

96

Der spanische Tierarzt tat so als höre er die französischen Ermahnungen nicht.

George unternahm einen weiteren Rettungsversuch und kramte sein bestes Schulenglisch zusammen. „Sehen Sie mal, Herr Doktor: Das Tier ist in Russland geimpft und gechipt. Es hat keine Würmer und keine Flöhe. Es ist ordnungsgemäß in die EU eingereist, ist von einer deutschen Tierärztin untersucht worden und lebt seit Monaten bei uns in Deutschland. Wir wohnen seit Tagen in Frankreich in einem Ferienhaus und waren nur heute drei Stunden in Spanien. Wir hatten den Kater drei Stunden immer auf dem Arm. Er hatte keinerlei Kontakte zu anderen Tieren. Nicht einmal mit einer Fliege, die sich vielleicht auf seine Nase hätte setzen können. Und vergessen sie das Passbild. Der Kater war damals klein, es kann unserem Titus nicht mehr besonders ähnlich sehen."

Der Doktor sah die weinende Familie. Er war Spanier. Stolz, aber mit einem weichen Herz. Plötzlich war er unschlüssig, was er mit dieser Familie machen sollte. Auch den französischen Beamten brach die trauernde und wehklagende Familie beinahe das Herz, zumal Titus zu spüren schien, dass es wieder wegen ihm schwerwiegende Probleme gab. Er fing an jämmerlich zu maunzen, wobei man nicht genau wusste, ob es nicht doch der Hunger war, der ihn plagte.

Plötzlich öffnete einer der Franzosen den Schlagbaum und winkte George kurz mit dem Kopf. George startete geistesgegenwärtig das Auto, und Sekunden später war er auf französischer Seite.

Die spanischen Beamten zeterten, aber es war zu spät. Die Franzosen grinsten ein wenig hämisch über ihre spanischen Kollegen.

97

Ungefähr hundert Meter nach der Grenze hielt George an. Maja war schlecht, sie hatte einen kleinen Schwächeanfall. Als sie sich wieder ein wenig erholt hatte, sagte sie leise: „Wenn sie uns Titus weggenommen und vielleicht getötet hätten, ich hätte sie alle umgebracht."

‚So ist das russische Blut' dachte George und tat alles, um seine Familie ordentlich zu trösten. George war sicher, der spanische Doktor hatte geahnt, dass er dem Tode in diesem Augenblick sehr nahe war. Deshalb hatte er sich keine besondere Mühe gemacht, die Flucht dieser Deutschen mit ihrem russischen Kater zu verhindern.

George stieg aus, ging zurück zu den französischen Beamten und bedankte sich bei Ihnen. Die lachten nur und erklärten, ihre spanischen Kollegen seien ja ganz nett, aber manchmal würden sie es übertreiben. Dann fragte einer von ihnen, was an diesem kleinen Kater so besonders sei.

„Keine Ahnung" log George. „Der Tierpass ist in Deutsch, Englisch und Französisch ausgestellt. Vielleicht störten sie sich daran, dass da nichts auf Spanisch stand."

Der Franzose schüttelte nur mit dem Kopf.

Titus wird erwachsen

Gottlob verliefen die restlichen Ferientage ohne weitere Zwischenfälle.

In Deutschland durfte Titus endlich allein auf die Straße. George hatte eine Klappe in die Tür zum Garten gemacht. Dort konnte Titus nach Belieben kommen und gehen wann er wollte. Sein erster Ausflug dauerte nicht lange. Nach zwei Stunden war er wieder da, hatte ein Riss im Ohr und eine blutige Schnauze. Maja jammerte über ihren armen Kater, George sah die blutige Schnauze eher mit

Gelassenheit. „So ist das eben, wenn ein Kater erwachsen wird" meinte George.

Titus kam in den folgenden Wochen öfter mit blutigen Ohren oder einer blutigen Nase nach Hause. Sein schlimmster Feind war, wie Maja bald feststellte, der Kater Willi aus dem Pfarrhaus. Für einen kirchlichen Kater war bei diesem Tier das Prinzip der christlichen Nächstenliebe nicht besonders ausgeprägt. Er war, wie sich bald herausstellte, der schlimmste Katzenraufbold im Dorf.

Böse war auch Rex, der Hund vom Fleischer an der Dorflinde. Aber wenn Rex angesprungen kam, hüpfte Titus auf den Lindenbaum in der Nähe der Metzgerei und blieb so lange auf dem Baum sitzen, bis sich Rex grummelnd wieder in sein Zuhause verzogen hatte.

Aus dem kleinen Katzentier war inzwischen ein richtiger großer Kater mit langen Beinen und dichtem Fell geworden. Größer jedenfalls als alle anderen Kater im Dorf. Das dunkle Fell sah beeindruckend aus und schien auch bald anderen Tieren im Dorf zu imponieren, so dass auch der Kater Willi aus dem Pfarrhaus um dieses dunkle Tier bald einen Bogen machte.

George mahnte immer mal bei Maja, man sollte Titus endlich kastrieren lassen, denn es war lästig, dass der Bursche, nachdem er geschlechtsreif war, immer mal an Stellen pinkelte, an die er eigentlich nicht pinkeln sollte. Der hoffte natürlich, dass er mit seiner Pinkelei die Katzendamen der Nachbarschaft zu Schäferstündchen begeistern konnte. Leider waren diese Damen mehrheitlich selbst kastriert und interessierten sich nicht für das wollüstige Verlangen dieses prächtigen Katers. Auch die Tierärztin meinte, die Kastration sei nicht zu umgehen. Sonst wäre nicht auszuschließen, dass er eines Tages mit

99

einem hübschen Katzenmädchen auf Nimmerwiedersehen verschwinden würde. Für Maja war das ein zu schmerzlicher Eingriff, so dass sie sofort protestierte. Nur über ihre Leiche sollte Titus eine Manneskraft verlieren. Er wurde also zunächst nicht kastriert.

An einem der Tage im Herbst klingelte es an der Haustür. Maja öffnete und musste sich gleich vor Schreck am Türpfosten festhalten. Vor ihr stand Ulli und am Arm hatte er die junge Dame Irina aus der russischen Tierklinik von der Wolga. Beide machten einen grenzenlos glücklichen Eindruck, lachten über alle Wangen und schwatzen gleich in verschiedenen Sprachen durcheinander. Maja bat die beiden ins Haus, kochte Tee und stellte Gebäck auf den Tisch. Die junge Dame Irina hatte sich hergerichtet und aufgedonnert, so dass Maja sie im ersten Augenblick nicht erkannt hatte. Schöner war sie nicht geworden, aber ihre Erscheinung mit ihrer weiblichen Figur machte schon was her.

Während der allgemeinen Schwatzerei in einem Kauderwelsch aus Russisch, Deutsch und Englisch fragte Maja die junge Dame, was sie von diesem deutschen Kerl hielte. Sie lachte. Dass er geizig sei, habe sie längst gemerkt. „Aber er ist ein Trottel, das ist das wichtigste. Haben Sie bemerkt, dass er sich einen neuen Sakko gekauft hat? Natürlich hatte Maja das gleich bemerkt. Sie machte Ulli gleich ein Kompliment, dass ihm der neue Sakko sehr gut stünde. Ulli bekam einen roten Kopf und meinte, diese Ausgabe sei er seiner schönen Liebsten schuldig gewesen.

„Gewaschen hat er sich auch", sagte Maja zu Irina auf Russisch. Irina lachte und erklärte, das sei ihr ziemlich egal.

„Ich habe ihm erklärt, dass ich Tierärztin bin", sagte Irina. „Das stimmt sogar, ich habe mein Studium in Russland abgeschlossen."

„Willst Du wirklich was mit dem anfangen?" fragte Maja ein wenig zweifelnd.

„Warum nicht?" fragte die junge Dame. „Ich weiß schon, was ich mit ihm anstellen werde", sagte sie mit einem gewissen intriganten Blick. Sie schien ziemlich genau zu wissen was sie wollte.

Während sie sich unterhielten und Tee tranken, war Titus ins Zimmer geschlichen. Als Irina den Kater sah, war ihr neuer Bräutigam sofort vergessen. Sie spielte und schmuste mit dem Tier so heftig, dass bei Ulli erste Anzeichen von Eifersucht zu spüren waren. Das schien aber Irina gleichgültig zu sein, es schien so, als habe sie sogar ein wenig Spaß an einem eifersüchtigen Ulli. Sie versprach jedenfalls, bald wieder zu kommen. Titus sei ja sooooo süß!

Das Drama mit dem Hamster

In der kälteren Jahreszeit war Titus ein wenig träge geworden. Er ging zwar täglich nach draußen, aber wenn es zu kalt war, lag er lieber auf dem Sofa oder auf einem Sessel, schlief oder schnurrte. Auch im Haus gab es wenig Interessantes zu gucken. Nicht einmal eine Fliege ließ sich sehen, die man hätte fangen können. Sascha gefiel es nicht, dass Titus Langeweile hatte und überlegte, wie er diesen Zustand ändern könnte. Deshalb kaufte er sich eines Tages von seinem Taschengeld im Zoohandel einen kleinen Hamster. Nicht irgendeinen langweiligen grauen Hamster. Für Titus musste es schon etwas Besseres sein.

Ein syrischer Goldhamster zum Beispiel zum Gegenwert von drei Wochen Taschengeld. Der zehnjährige Sascha hatte mit Hamstern keinerlei Erfahrungen, vielleicht meinte er, dass ein Hamster ähnlich anhänglich sein würde wie ein kleiner Kater. Er war zwar auf dem Dorf aufgewachsen, aber angesichts der nahen Stadt waren die Kinder hier auch längst nicht mehr mit gewissen Selbstverständlichkeiten der Tierwelt vertraut. Zum Beispiel, dass Raubtiere wie Katzen ganz besonders gern alles jagen, was kleiner ist als sie selbst. Und weil Sascha wusste, dass Titus noch nie in seinem kurzen Leben einen Hamster gesehen hatte, war er sicher, er würde mit diesem kleinen Tierchen nur ein wenig spielen wollen.

Als Sascha mit seinem Hamster nach Hause kam, waren die Eltern nicht da, es gab also niemanden, der ihn vor dem gefährlichen Zusammentreffen dieser beiden Spezies warnen konnte. Deshalb ließ der den kleinen Hamster zu Hause in der Wohnstube frei und war gespannt darauf, wie sich die beiden anfreunden würden.

Der kleine Hamster ahnte sofort die Gefahr des Raubtieres. Er rannte unter das Sofa, Titus hinterher, aber er konnte nicht unter das Sofa kriechen, es war zu niedrig. Sascha war entsetzt darüber, dass sein Hamster plötzlich weg war. Er nahm Titus, sperrte ihn ins Bad und versuchte, seinen Hamster unter dem Sofa heraus zu locken. Der kleine Hamster hatte inzwischen auf der Unterseite des Sofas ein Loch gefunden und war dort verschwunden. Sascha überlegte, wie er den kleinen Hamster fangen konnte, immerhin hatte er den Wert von drei Wochen Taschengeld. Er legte einige Körner von Reis und Weizen, die er in der Küche gefunden hatte, in eine kleine Schale und schob diese mit einem Brettchen unter das Sofa. Er hoffte, dass er auf diese Weise den kostbaren Hamster aus seinem Versteck locken konnte.

Maja war inzwischen nach Hause gekommen, spürte sofort an Saschas Verhalten, dass dieser Bengel irgendwas angestellt hatte und wollte wissen, was da los sei. Sie erfuhr nichts, jedenfalls nicht gleich. Sascha tat so als sei nichts weiter passiert, und war sicher, die Mutter würde die kleine Schale unter dem Sofa nicht entdecken, denn er hatte sie tief unter dieses Möbelstück geschoben. Die Mutter hätte sonst sofort gefragt, was diese Schale unter dem Sofa zu suchen hat.

Sascha saß in seinem Zimmer und tat so als mache er Schularbeiten. In Wirklichkeit überlegte er fieberhaft, wie er aus diesem Schlamassel heraus kommen konnte. Die Mutter würde bald die herzzerreißenden Schreie des Katers aus dem Badezimmer hören, sie würde Titus befreien, der würde vielleicht zum Sofa rennen und nach dem Hamster suchen.

Tatsächlich wunderte sich Maja über die Maunzereien des Katers und öffnete das Bad. Sie befreite Titus, ging zu Sascha und wollte wissen, warum der arme Kater eingesperrt war. Sascha tat immer noch so als habe er keine Ahnung. Aber als der Kater fauchend zum Sofa rannte und versuchte, in den schmalen Schlitz unter dem Sofa zu krabbeln, war das Drama nicht mehr zu verheimlichen. Die Mutter war hinter dem Kater hinterher gerannt, bemerkte die Schale unter dem Sofa mit Resten der Körner und forderte von Sascha eine Generalbeichte.

Das riesige Donnerwetter, das einschließlich einiger blauer Flecke auf Saschas Hinterteil folgte, brachte den Hamster leider auch nicht aus dem Sofa. Titus waren die blauen Flecke gleichgültig, er fauchte wie ein Verrückter.

Als Vater schließlich nach Hause kam, fand er eine wütende Maja, einen heulenden Sascha und einen fauchenden Kater. Vom Hamster sah er nichts. Der war vermutlich von den Körnern satt und hockte im Sofa.

Der Vater verlangte Aufklärung. In kleinen Portionen kam die Wahrheit schließlich ans Licht. Die Sache kam dem Vater so komisch vor, dass er beinahe laut gelacht hätte. Aber er musste erst einmal zornig sein und gab deshalb eine kurze theatralische Einlage eines Haustyrannen. Dann holte er aus dem Keller eine Rattenfalle und bestückte sie mit einem Brotstückchen.

Sascha schrie wie am Spieß! Sein syrischer Goldhamster im Gegenwert von drei Wochen Taschengeld sollte gemeuchelt werden mit einer ordinären Rattenfalle! Das durfte nicht sein.

Das sah schließlich auch der Vater ein. Er fuhr noch am Abend mit Sascha in die Tierhandlung und beriet die Lösung dieses dramatischen Falles mit dem Zooverkäufer. Der riet ihnen zu einer Falle, in der auch ein Tier wie ein Hamster lebend gefangen werden konnte. Er versprach sogar die Rücknahme des Hamsters. Aber mit einem gewissen Rabatt, weil nicht auszuschließen war, dass der wertvolle syrische Goldhamster durch die schockierenden Ereignisse traumatisiert und vielleicht einen Teil seiner typischen Hamsterqualitäten eingebüßt hatte.

Zu Hause präparierte man die neue Falle und stellte sie neben das Sofa. Der fauchende Titus musste noch einmal für ein paar Stunden ins Bad.

Es dauerte lange bis der Hamster wieder Hunger hatte. Erst am nächsten Morgen piepste er herzzerreißend in seinem kleinen Gefängnis.

Für Sascha war die Angelegenheit am Ende ein erhebliches Verlustgeschäft geworden. Der Zooverkäufer hatte zwar doch den vollen Preis für den Hamster ersetzt, weil er ihn ordentlich gefüttert zurückbekommen hatte, der Vater zog ihm aber den vollen Preis für die neue Hamsterfalle ab. Die stand jetzt auf Saschas Schreibtisch und wurde als Halter für seine Stifte genutzt. Gelegentlich versuchte Sascha mit der Falle im Garten gemeine Ratten zu fangen, aber die waren zu schlau, sie gingen nicht in diese dumme Falle.

Die Liebe zu Julia

Das Frühjahr kam, die Wanderungen von Titus wurden wieder ausgedehnter. Maja schlich ihm manchmal nach, weil sie wissen wollte, wo sich der Bursche herumtrieb. Gelegentlich prügelte er sich mit Kater Willi aus dem Pfarrhaus, oft strich er um den kleinen Teich mitten im Dorf, der seit dem Frühjahr von einer Entenfamilie bewohnt war. Die Ente hatte Junge bekommen, sie brachte den kleinen Entchen das Schwimmen bei und zeigte ihnen alles, was ein Entchen zum Überleben auf dieser Welt wissen und können musste.

In diesen Tagen kam der Kater Titus mit einem dieser kleinen Entchen nach Hause. Er hatte das Tierchen die Dorfstraße entlang getrieben, und immer wenn es ausbüchsen wollte, hatte er es wieder eingefangen und hatte versucht, es auf den rechten Weg zu bringen. Das Entchen hätte ja wegfliegen können, aber es konnte noch gar nicht fliegen, oder es hatte die Gesellschaft dieses wunderbaren Katers gesucht.

Die Leute guckten zu, was der schöne Titus mit dem Entchen anstellte und amüsierten sich wie er das kleine Tier auf der Straße vor sich her trieb. Er zeigte dem Entchen schließlich die Klappe in der Gartentür und spielte sogar den Kavalier als er die Klappe öffnete, damit das kleine Entchen ins Haus schlüpfen konnte.

Maja machte große Augen, als sie plötzlich ein Entchen mitten im Wohnzimmer stehen sah. Sie fragte Titus, was er mit diesem Tierchen angestellt hatte, aber der guckte Maja nur mit großen Augen an. Vermutlich war er unendlich stolz über seine einmalige Eroberung. Das arme Entchen war total verwirrt, es hatte noch nie ein menschliches Wohnzimmer von innen gesehen und suchte vielleicht eine Gelegenheit, wo es im Wasser planschen konnte. Vor Schreck ließ es gleich einen Klacks auf den guten Perserteppich fallen, was Maja nicht besonders erfreute. Auch der gut erzogene Titus war mit diesem Häufchen auf dem Teppich nicht einverstanden. Er schnüffelte an der Entenkacke herum, dann jagte der das kleine Entchen zu seinem Katzenklo als wolle er dem Tierchen erklären, dort, liebes kleines Entchen, hast du deine Geschäfte zu erledigen.

Maja vermutete zurecht, dass das Entchen vom Dorfteich war. Deshalb nahm sie das Entchen, brachte es zurück an den Teich und fand dort auch die Entenmutter. Die tat aber so als kenne sie das kleine Entchen nicht. Jedenfalls biss sie das Entchen immer wieder weg. Deshalb nahm Maja das kleine Tier wieder mit nach Hause. Sascha freute sich über dieses Entchen und hoffte, dass es bald Eier legen würde. Ihm kam gleich die Idee, man könnte mit dem kleinen Entchen eine Entenzucht beginnen. Der Vater müsste nur einen Teich im Garten bauen. Das wäre die Voraussetzung für die Entenzucht. Die Ente würde Eier legen, die müsse man nur ausbrüten. Wenn die jungen Enten dann groß wären, könnte man sie schlachten und das Fleisch verkaufen. Und Vater würde immer mal Entenbraten machen.

„Wer brütet denn die Enteneier aus?" wollte Maja wissen. „Und wenn die Ente keinen Enterich hat, gibt's auch keine Küken." Sascha, der sich in der Welt der Enten noch weniger auskannte als in der Welt der Hamster, sah bald ein, hier gab es ungelöste Probleme. Aber wenigstens die Eier konnte man essen.

Als der Vater abends aus dem Büro kam, wollte Maja ihn erst einmal schonend über den neuen Hausbewohner informieren. Aber Sascha hatte ihn gleich mit der Idee der Entenzucht sozusagen überfallen. Vater George verstand erst einmal nichts bis er das kleine Entchen unter dem Esstisch piepsen hörte.

Der Vater wurde bleich, er ahnte, dass er gegen ein solches kleines niedliches Entchen machtlos sein würde.

„Was machen wir denn mit dem?" fragte er Maja und nahm das kleine Entchen auf seine Hand.

Maja erzählte, wie das Entchen zu ihnen gekommen war.

„Der Titus ist genauso schlimm wie ihr", meinte er am Ende von Majas Erzählungen und begann mit einigen Überlegungen, was man mit einer solchen Ente alles anstellen konnte. „Man kann sie ein wenig mästen", klärte er mit gespieltem Sadismus „das gibt dann schöne Entenbrüste. Die mögt ihr doch so gern. Ein ganzer Entenbraten wäre auch nicht schlecht." Mit diesen Bemerkungen zog er sich gleich den Zorn der übrigen Familie auf sich.

Das alles war nicht besonders ernst gemeint, denn am Wochenende – so versprach der Vater - wollte er einen kleinen Stall für die Ente bauen, und wenn das Wetter es zuließe, wollte er damit beginnen, im Garten einen kleinen

Teich anzulegen. Vorerst sollte das Entchen in einem kleinen Käfig im Hauswirtschaftsraum bleiben. Das war gut und praktisch gemeint, aber das Entchen piepste in seinem Käfig so herzzerreißend, dass Maja es aus seinem Verließ zurück in die Küche holte. In einer Ecke neben dem Katzenklo breitete sie eine Zeitung aus und legte ein altes Tuch darauf. Dann stellte sie einen Blumenuntersetzer für die Notdurft und eine kleine Schale mit Entenfutter neben dieses neue Entennest. Sie hoffte, das Entchen würde diesen schönen Platz als neuen Schlafplatz akzeptieren. Das Entchen dachte aber gar nicht daran, mutterseelenallein und fern von seinen Freunden Titus und Sascha in einer Küchenecke zu hausen. Es lief also hinter Titus her in das Zimmer von Sascha. Weil es noch so klein war und offenbar nicht fliegen konnte, um in das Bett zu hüpfen, machte es ein heftiges Spektakel und versuchte immer wieder hüpfend und flatternd Saschas Bett zu erreichen.

Sascha machte dem Ententheater ein Ende. Er nahm das Entchen und setzte es neben sich ins Bett. Aber dagegen hatte Maja gewisse Einwände. Hunden und Katzen kann man beibringen, an gewissen Stellen ihr Geschäft zu erledigen. Bei Vögeln ist das ein bisschen schwieriger. Sie lassen gerade dort etwas fallen, wo sie stehen oder sitzen. Deshalb legte Mutter neben Sascha ein Stück Zeitung und setzte das Entchen auf diese Zeitung. Damit war es endlich zufrieden. Der Mutter gelang es sogar, dem Entchen beizubringen, tagsüber bei seinem Geschäft die Blumenschale in der Küche zu verwenden. Zum Glück machen Vögel im Gegensatz zu Katzen immer nur diese eine Art des Geschäftes. Es dauerte eine gewisse Zeit, bis das Entchen die Sache mit der Blumenschale verstanden hatte, aber bald klappte die Sache mit der Blumenschale öfter und öfter.

Das Entchen brauchte endlich einen Namen. Maja schlug vor, es könnte Jule heißen, das schien ein angemessener Name für eine kleine Ente zu sein. Der Name Jule kam, wie Maja Sascha erklärte, vom römischen Julian oder Julius und war auch ein durchaus angemessener und standesgemäßer antiker Name für dieses Entchen.

Sascha war glücklich über seine Tiere. Auch das Entchen gewöhnte sich, wie es Titus getan hatte, sehr schnell an Saschas Eigenheiten und die besonderen Verhältnisse in einer deutschen Familie. Wenn Sascha mittags aus der Schule nach Hause kam, waren sie sofort um ihn herum, und wenn er dann Schularbeiten machte, saßen sie beide auf dem Schreibtisch neben seinen Heften. Oder Titus saß auf einem zweiten Stuhl neben ihm und döste. Oder er beobachtete Saschas Arbeiten schweigsam und versuchte lediglich manchmal mit seiner Pfote nach dem Stift zu greifen. Jule dagegen bedachte alle Striche und Buchstaben, die Sascha aufs Papier brachte, mit schnatternden Kommentaren. Nach den Schularbeiten musste Sascha mit beiden Tieren spazieren gehen oder im Garten sitzen. Wenn er dann am Abend Fernsehen guckte, quetschten sie sich beide neben ihn auf den Sessel und beschauten sich interessiert die beweglichen Bilder. Dabei musste Sascha immer was zu Fressen dabei haben, im anderen Fall wurden beide etwas ungehalten. Für Jule gab es Salatblätter, für Titus kleine Knabberstangen, die Jule allerdings verachtete. Sie guckten sich auch gern die beweglichen Bilder des Fernsehens an. Am liebsten guckten sie Donald Duck, Kater Karlo oder Micky Mouse. Das waren ihre Lieblingsfilme.

Es dauerte nicht lange und die beiden liefen regelmäßig abends gegen sechs ins Wohnzimmer, maunzten und piepsten bei Maja oder Sascha. Das bedeutete, macht bitte den Fernseher an, wir wollen unsere Lieblingsfilme gucken. Und wehe, ihre Lieblingsfilme wurden nicht gespielt. Dann beschwerten sich beide, besonders die Ente Jule. Die gackerte immer am lautesten.

Vater George wollte schon seit längerem im Garten einen kleinen Teich anlegen. Endlich gab es für diesen Teich einen konkreten Anlass mit Namen Jule. Er kaufte Teichfolie, hob ein großes Loch aus und baute an den Wochenenden einen kleinen Teich. Das Wasser für den Teich zweigte er aus einem der Regenrohre ab. Als es ein paar Tage heftig geregnet hatte, war der Teich voll. Für das Entchen war das wunderbar, immer wieder hüpfte es in den Teich und schwamm ein paar Runden. Titus gefiel das gar nicht, er hasste aus naheliegenden Gründen das Wasser, denn gewiss erinnerte er sich noch an das mörderische Bad in der Wolga. Er ärgerte sich und maunzte schrecklich, wenn seine Freundin Jule im Teich schwamm. Dafür fand er aber die Frösche interessant, die George am Rhein gefangen und im Garten am Teich ausgesetzt hatte. Titus versuchte immer wieder, eins von diesen quakenden Tierchen zu fangen, aber das glückte nicht, denn die hüpften gleich ins Wasser, wenn sie dieses kleine dunkle Raubtier sahen. Und Jule dachte gar nicht daran, ihm beim Fangen der Frösche zu helfen.

Manchmal kam Sascha mit an den Teich und fing sogar immer mal einen Frosch. Er zeigte ihn dann Titus, aber dem war diese Art von glitschigem Tierchen dann doch unheimlich. Später setzte Sascha noch ein paar kleine Fische, die er für wenig Geld vom Zoohändler bekommen hatte, in den Teich. Auch diese Tiere waren für Titus durchaus interessant. Er versuchte immer wieder eins von diesen Fischchen zu fangen, aber es gelang ihm nicht. Schließlich fiel er dabei sogar einmal fast in den Teich. Das war schrecklich für ihn, denn er erinnerte sich wieder an das entsetzliche Bad in der Wolga. Drei Tage lang drückte er sich nach diesem Sturz melancholisch in irgendwelchen Ecken des Hauses herum.

Es dauerte ein paar Wochen, und das kleine Entchen war zu einer ausgewachsenen jungen Entendame geworden. Tagsüber ging sie gelegentlich mit ihrem Katzenfreund Titus im Dorf spazieren. Oft liefen sie gemeinsam zum Dorfteich oder sie streunten durch die Felder und Weinberge am Dorfrand. Titus jagte gelegentlich Mäuse oder sogar Ratten. Einmal spürte er eine Ratte auf, die aber so groß war, dass er sich vor diesem Vieh sogar ein wenig fürchtete. Er hatte die Ratte in die Ecke einer Mauer gedrängt, aber die Ratte fauchte so mächtig, dass Titus gehörigen Respekt hatte. Jule war dabei, sie hatte die Flügel gespreizt und veranstaltete ein ohrenbetäubendes Spektakel, so das ein Bauer aus der Nachbarschaft mit seiner Mistgabel vom Hof kam um zu gucken, was da los war. Gerade in dem Augenblick als der Bauer kam, ging die Ente Jule zum Angriff auf die Ratte zu und hackte ihr so heftig auf den Kopf, dass sie betäubt und benebelt am Boden liegen blieb. Nun kam der Bauer mit seiner Mistgabel und spießte die Ratte auf. Er war begeistert von Jule und Titus, so dass der Ruhm beider als Bezwinger von Riesenratten sich im ganzen Dorf verbreitete.

Titus war inzwischen ausgewachsen und ein großer Kater geworden. Unter den Katern im Dorf war er inzwischen der absolute King, niemand wagte es, sich ihm in den Weg zu stellen. Sogar Rex, der Fleischerhund brummte nur, wenn Titus in seine Nähe kam. Der Kirchenkater Willi hatte noch einmal einen Angriff versucht, dabei waren ihm ein Auge und die Schnauze verletzt worden. Die Frau Pfarrer beschwerte sich bei Maja, aber die lächelte nur mitleidsvoll. Das war, wie Maja erklärte, die Rache für die früheren unchristlichen Untaten des Kirchenkaters Willi. Natürlich hatte Titus einen gewaltigen Schlag bei den Katzendamen im Dorf. Nur waren sie fast ausnahmslos kastriert, so dass sie mehrheitlich kein Interesse an fleischlichen Begierden hatten.

Maja wurde immer mal gefragt, was dieser Kater denn nun für eine Rasse sei. Hier habe man ein solches Tier noch nie gesehen. Dieses heftige allgemeine Interesse ließ Majas Phantasie blühen.

„Also", erklärte sie in solchen Fällen, „es handelt sich um eine Sorte, die man Sibirische Katze nennt. Beinahe einmalig, es gibt nicht mehr allzu viele Exemplare auf dieser Welt." Anlässlich dieser gelegentlichen Fragen waren Majas Phantasie mit der Zeit einige Flügel gewachsen, sie flatterten und schwebten immer wieder durch die Welt der Katzen. „Dieser Kater hier", so war sie eines Tages auf die Juxidee gekommen, „hat vermutlich Vorfahren am russischen Zarenhof gehabt. So aristokratisch wie der aussieht!" Die Idee um den Katzenadelsstand beflügelte ihre Phantasie so heftig, dass sie bald manchen Katzenfreunden bedeutungsvoll erklärte, der Ur-ur-ur-ur-ur-ur-ur-ur-und-so-weiter-Großvater dieses prächtigen Titus sei der Lieblingskater des letzten Zaren Nikolaus, genauer gesagt, seiner Gattin Alix von Hessen-Darmstadt gewesen. Diese armen Katzenfamilie hat, so ließ sie ihre Phantasie weiter blühen, auch das Schicksal der Märtyrer erleiden müssen und sei zum Teil gemeinsam mit der Zarenfamilie von den Kommunisten umgebracht worden.

„Unser allerliebster Kater stammt allerdings aus einer Seitenlinie ab. Einer der Vorfahren war vor der Revolution wegen Subordinationsverletzung vom Zarenhof nach Sibirien verbannt worden. Aber man hatte ihn bald schon wieder zum Glück der St. Petersburger Katzenwelt begnadigt, die er anschließend fleißig besprungen hat."

Dieser Kater sei damals sogar geadelt worden und habe die Position eines zaristischen Oberkammerjägers am Hofe erhalten, eine Auszeichnung, die nur ganz wenige höfische Kater führen durften. Am Hof wie auch in anderen Schlössern des Zaren lebte damals eine größere, weit verzweigte Katzenfamilie, die ausnahmslos miteinander verwandt war. Ihre Aufgabe war es, die Mitglieder der Zarenfamilie zu erfreuen, die weniger hübschen und anhänglichen Katzen hatten die Aufgabe, die Schlösser von Mäusen und anderem Schädlingsgetier frei zu halten.

Als 1917 die russische Revolution kam, und die Zarenfamilie von den Kommunisten umgebracht wurde, sei, wie Maja angeblich wusste und glaubhaft versicherte, auch ein Großteil der Katzen von den Kommunisten getötet worden, weil sie zu diesem dekadenten und verbrecherischen zaristischen Geschmeiß gehört hatten. Andere seien vor Hunger verendet. Ein listiges Pärchen aus dieser großen Katzenfamilie überlebte die schrecklichen Massaker und war in einer späteren Kolchose, dann bei einem hochrangigen Funktionär der KPdSU untergekommen. Der prächtige Titus sei ein späterer Nachkomme dieses Katzenpärchens.

Diese ganze Geschichte war nichts anderes als ein Produkt der blühenden Phantasie der Katzenmutter Maja. Sie fand die Geschichte so hübsch, dass sie dieses Märchen immer mal zum Spaß erzählte.

Das allgemeine Interesse an dieser Geschichte war so groß, dass Maja auf die Idee kam, ihren geliebten Titus mit Hilfe eines entsprechenden Stammbaums sozusagen zu veredeln. Dieser Jux war nicht ganz einfach, denn diese Art von Manipulationen mussten diskret und absolut glaubhaft sein. Maja beschäftigte sich deshalb wochenlang mit Genealogien von Katzen, kaufte sich Bücher über adlige Katzenfamilien und befragte tagelang das Internet über einschlägige Katzeninformationen. Sie besorgte sich bei Antiquaren altes Schreibpapier, alte Tinte und Federkiele zur Herstellung originalgetreuer Katzenstammbäume. Wochenlang brauchte sie, um entsprechende Dokumente herzustellen, wobei ihr ihre philologische Ausbildung an einer sowjetischen Universität gute Dienste leisteten. Von diesen Manipulationen durfte George möglichst nichts mitbekommen, denn er meckerte immer mal über gewisse kriminelle Neigungen seiner russischen Familienmitglieder. Er vermutete die Ursache in der sozialistischen Erziehung der ehemaligen Sowjetmenschen, die darauf ausgelegt war, alles, was dem Menschen nützt, ist gut. Und wenn es noch so dumm oder verwerflich war.

Eine Katzenfreundin, Redakteurin am örtlichen Tagblatt, erfuhr eines Tages von Titus, dem aristokratischen Kater, seiner innigen Verbindung mit einer Ente und seiner beeindruckenden Herkunft. Sie besuchte Maja, die mit Augenzwinkern der Redakteurin die angeblich wahre

Geschichte über die Herkunft und die Abenteuer des Katers Titus erzählte. Die Redakteurin lernte auch die Ente Jule kennen und war begeistert von der Lebensgemeinschaft zwischen Jule und Titus. Beide bekamen einen Bericht über mehr als eine halbe Seite in einer Wochenendausgabe des Tagblatts. Mit diesem Bericht lösten sie höchstes allgemeines Interesse aus. Es folgten weitere Besuche von unterschiedlichen Interessenten, die immer wieder kleine Filme von diesem kuriosen Pärchen drehten. Diese Filme waren schließlich weltweit im Internet zu sehen und lösten weitere Wellen von Nachfragen über dieses kuriose Pärchen aus.

Titus wird geadelt
Tierfreunde aus der ganzen Region kamen und wollten Titus und Jule sehen. Sogar sonntags kamen sie und hatten keine Bedenken, die Familie in ihrer Sonntagsruhe zu stören. Maja sah sich genötigt, gewisse Besuchszeiten festzulegen, um wenigstens den ärgsten Ärger mit dem Ehemann George zu vermeiden. Der hatte schon bald das Theater mit den Tieren und neugierigen Besuchern gründlich satt. Denn George fand dieses Lügenmärchen mit dem Zarenkater bald nicht mehr besonders lustig. Es war schon sehr ärgerlich, weil immer wieder das Telefon klingelte und irgendjemand nach dem berühmten Kater Titus fragte. Am schlimmsten waren gewisse zarentreue Bürger der ehemaligen Sowjetunion, die den Glauben an die Rückkehr des Zarenhauses Romanow noch nicht verloren hatten.
Da meldete sich eines Tages ein Anhänger einer sogenannten zarentreuen Liste, von der alle Welt

behauptete, es gäbe sie nicht. Sie sei nicht viel mehr als eine Art Fata morgana, von einigen Verrückten in die Welt gesetzt. Einer dieser Menschen wollte eines Tages Maja besuchen und kündigte sich ganz stilvoll mit einem Billett an. Maja vermutete, dass sich hinter diesem Billett eine bedeutende Persönlichkeit verbarg, warf sich sofort in ihr bestes seriöses Outfit und räumte noch schnell das Wohnzimmer auf. Tatsächlich war dieser Mensch ein sehr seriös wirkender Herr, der mit dunklem Anzug, Hut, Kneifer und aristokratischem Gehabe reichlich antiquiert wirkte, stellte sich bei Maja gleich als ein Mitglied des Lübischen Zarenvereins vor. Er sei, wie er sagte, glücklich, hier in Deutschland eine so interessante russische Person wie Maja zu treffen. Er deutete gleich an, dass er in Russland an der Gründung eines russischen Klosters beteiligt sei, das er mit gewissen Geschäften unterstütze. Im übrigen schwadronierte er über die Ziele seines Vereins, der in Gedenken an einen norddeutschen Adligen gegründet worden sei. Diese Adelsperson hatte vor vielen Jahren aufgrund seiner Herkunft aus dem Geschlecht der Romanows eine Zarentochter geheiratet.

Er selbst – so erwähnte er - fröne einigen seiner Leidenschaften im Geheimen, denn auch er habe vermutlich aufgrund glücklicher Umstände einen gewissen Anteil an romanow'schem Zarenblut in seinen Adern. Diese Leidenschaften hatten, wie er Maja im Vertrauen offenbarte, mit der Pflege der Zarentradition zu tun. Deshalb interessiere er sich für diesen Kater, von dem schon überall in der Presse Berichte zu lesen gewesen seien.

Tatsächlich schien es so als wollte dieser Sonderling, wie George bald herausgefunden hatte, gemeinsam mit seinen zaristischen Spießgesellen das alte Zarenreich wieder erstehen lassen. Zu diesem Zweck suchten sie nach Personen und Hinterlassenschaften, die für die Gründung dieses neuen Reiches nützlich sein konnten. Dazu gehörte eben auch der Nachkomme aus einer zaristischen Katzenfamilie.

Dieser Zarenfreund vereinbarte mit Maja, dass er seine ausgesuchte Katze, die ohne Zweifel auch aristokratischer Herkunft war, einige Tage im Hause von Maja und George zu dem Zweck zu lassen, dass diese beiden Katzentiere möglichst bald aristokratischen Katzennachwuchs zeugen würden. Dafür wollte sich der aristokratische Katzenfreund auch erkenntlich zeigen. Er machte zunächst einmal eine Anzahlung von 100€. Das sollte eine Entschädigung für die Umstände und das Futter der adligen Katzendame Murkia sein.

Es stellte sich heraus, dass der Kater Titus, was die Katzendame betraf, ein wenig faul war. Nur gelegentlich besprang er Murkia wollüstig mit heftigem Geschrei, was wiederum die Ente Jule absolut nicht erfreute. Sie ärgerte sich darüber, dass sich ihr Freund dieser ungeliebten Katzendame ohne sie zu fragen so einfach an den Hals warf. Wenn die beiden Brünstigen mit ihrem wollüstigen Lärm begannen, fing Jule ein herzzerreißendes Spektakel an, so dass sehr bald Maja von einigen Nachbarn gefragt wurde, wer denn bei ihnen ihm Haus einen solchen Lärm veranstaltete. Manche der Nachbarn vermuteten einen handfesten Ehekrach in der Familie George und Maja.

Zum Glück waren die wollüstigen Begattungen der Katze Murkia sehr bald erfolgreich, so dass der Zarenfreund bald seine aristokratische Katzendame wieder abholen konnte.

Damit endeten die Brunstgeräusche im Hause von Maja und George.

Der Zarenfreund teilte Maja mit, die Mitglieder des Zarenvereins lassen herzlich und verbindlich grüßen und der Dank des lübischen Vereins sei ihr gewiss.

Später las Maja auf der Website des lübischen Zarenvereins, dass man dort tatsächlich damit begonnen hatte, eine aristokratische Katzendynastie zu begründen. Auf dieser Website war eine Beschreibung und ein prächtiges Foto vom aristokratischen Titus und Abbildungen von Exemplaren der neuen Katzendynastie zu sehen. Die neuen Katzenkinder sahen aus wie Titus aus dem Gesicht geschnitten.

Eine Fernsehredaktion, immer auf der Suche nach aktuellen Ereignissen, meldete sich bei Maja. Anfangs war sie nur daran interessiert an einem kleinen Bericht über Titus und Jule, dieses wunderliche Paar freundschaftlicher Tierverhältnisse zu drehen. Später kam einer aus der Redaktion auf die Idee, einen kleinen Film über die Liebe des adligen Zarenkaters Titus zur Dorfente Jule zu drehen. George war darüber nicht böse, er handelte mit den Filmleuten ein ordentliches Honorar aus. Von diesem ersten verdienten Geld kaufte sich die Familie neue Polstermöbel, denn in das alte Sofa, in dem schon der Hamster gehaust hatte, hatte Titus tiefe Löcher gekratzt. Dazu wurde ein wunderbarer Kratzbaum für Titus angeschafft, damit die neuen Möbel geschont werden konnten.

Das kleine Filmchen wurde ein umwerfender Erfolg. George hatte es mitgeschnitten und in die Internet-Plattform youtube gestellt. Mit dem Erfolg dieses Films stellten sich auch weitere finanzielle Erfolge ein. George bastelte deshalb eine humorvolle Website über diese beiden Tiere, auf der Filmchen gezeigt wurden, wie die beiden Freunde zum Beispiel durchs Dorf zogen oder vor dem Fernseher saßen. Bald meldeten sich Firmen der Tierfutter- und der Spielwarenindustrie und wollten Werbung auf dieser putzigen Website machen, so dass diese Website auch ein erheblicher finanzieller Erfolg wurde.

Die aufregenden Geschichten von Jule und dem zaristischen Titus kamen irgendwann einem Wissenschaftler zu Ohren, einem studierten Biologen und Redakteur der Zeitschrift „Geliebte Tierwelt", dessen besonderes Arbeitsfeld die Katzen in der Geschichte der Menschheit von der Antike bis zur Neuzeit waren. Promoviert hatte er über alte Katzenrassen im antiken Mesopotamien. Für diesen Menschen waren alle Darstellungen, die über den zaristischen Titus und die Dorfente Jule in den Medien zu lesen und zu sehen waren, blanker Unsinn und ein Stück Volksverdummung.

Deshalb schrieb er in seiner Zeitschrift einen ironischen, ja vor Gehässigkeit triefenden Artikel über die Scharlatanerien einer gewissen Maja B., die Erfinderin von Katzenlegenden am russischen Zarenhof. Vermutlich würde sie auch noch grönländische Gletscherkatzen oder auch die chinesische Mandarinkatzen erfinden, die am chinesischen Kaiserhof zum Hofpersonal gehört hätten und nur durch besonders glückliche Umstände den Schergen Maos entkommen waren und beim japanischen Tenno Zuflucht gefunden hatten. Und überhaupt: wo und wann hätte es jemals Katzenstammbäume am russischen Zarenhof gegeben. Irgendwann erfinde sie noch Katzenstammbäume aus dem julisch-claudischen Haus.

Die öffentlichen Medien waren plötzlich alarmiert. In manchen Zeitungsartikeln wurde über die angeblichen Machenschaften einer gewissen Maja B., der Erfinderin zaristischer Katzenstammbäume recherchiert und abfällig berichtet. Mit der Folge, dass sich Deutschlands Katzenfreunde und die Freunde des russischen Zarenhauses in ihrem Zorn zusammenschlossen, manche Redaktionsstube stürmten und verwüsteten. Da wurde manche Fensterscheibe eingeworfen. Der Katzenwissenschaftler wurde eines Abends nach einem seiner Kneipengänge jämmerlich verprügelt. Er bekam sogar für eine Weile Polizeischutz. Um dem wütenden Mob der aufgebrachten Katzen- und Entenfreunde zu entgehen, verschwand der Katzenwissenschaftler für Wochen auf eine einsame Insel im Atlantik. Die Zeitschrift „Geliebte Tierwelt" verlor durch den giftigen Beitrag ihres Katzenredakteurs etwa ein Viertel seiner Abonnenten. Die Zeitung kündigte ihm, um den drohenden Konkurs abzuwenden. Andere Tierzeitschriften, bei denen er sich bewarb, winkten ab. Anfangs lebte er von Arbeitslosengeld, später von Sozialhilfe. In seiner Not begann er mit der Zucht besonderer Katzensorten, unter anderem mit der Zucht einer bestimmten Sorte birmamesicher Tempelkatzen, die leider so hässlich waren, dass niemand sie kaufte.

Am Ende ertränkte er vor lauter Wut über seine Misserfolge die hässlichen Tempelkatzen. Leider hatte eine seiner Nachbarinnen die Vernichtung der Tiere bemerkt, ja, sogar mit eigenen Augen gesehen. Sie zeigte ihn an, es kam zu einer gerichtlichen Verhandlung, bei der der ehemalige Redakteur wegen Tierquälerei und Verstoß gegen die deutschen Tierschutzgesetzte zu einem Jahr Gefängnis auf Bewährung verurteilt wurde.

In der ganzen Aussichtslosigkeit seiner Situation begann er zu trinken. Seine Frau verließ ihn und ließ sich scheiden, schließlich landete er auf der Straße, schlief unter Brücken und hielt sich einen bissigen Köter, den er auf streunende Katzen abgerichtet hatte. Das war sozusagen das Ende dieses Katzenwissenschaftlers.

Hochzeitsfest

Im Sommer bekamen Maja und George zu ihrer großen Überraschung plötzlich eine Einladung zur Hochzeit von Ulli und Irina. Man war eingeladen zur Hochzeitszeremonie in der russischen Kirche und zur Feier auf Ullis Hof.

„Der hat gewiss einen Pizzaservice für die Hochzeitsgäste bestellt" meinte George angesichts des allbekannten Geizes von Ulli.

Maja sagte nichts, sie dachte nur, wie verzweifelt und verrückt muss man sein, einen solchen Kerl wie diesen Geizkragen Ulli zu heiraten.

An einem Sonnabend bewegten sich Maja, Sascha und George in die Kirche zur kleinen Hochzeit. Anschließend traf man sich auf Ullis ehemaliger Bauernkate. Tatsächlich waren sie mit dem Brautpaar allein, Irina hatte Brote geschmiert, es gab Bier aus dem Supermarkt und Wasser dazu. Man saß auf dem Hof und erzählte eine Weile. Maja und George hatten Jule und Titus mitgebracht. Die beiden vergnügten sich auf dem Hof.

Nach einer Weile kündigte sich Besuch an. Plötzlich standen Verwandte von Maja vor der Tür, die mit dem Brautpaar feiern wollten und sehr schnell den kleinen Hof neben der alten Bruchbude belagerten. Eine ganze Familie, zwölf Personen, die – wie bald zu erfahren war – dank eines deutschen Urgroßvaters aus den weiten Kasachstans nach Deutschland eingewandert war. Besser als die Hütten in der kasachischen Steppe sei dieses Bauernhaus allemal, meinten sie und begannen damit, sich in dieser Bauernhütte häuslich nieder zu lassen. Irina hatte ihre Verwandten schon erwartet, hatte Schtschi gekocht und teilte Teller aus. Bald hatte einer der Männer ein Akkordeon ausgepackt. Man spielte, sang und tanzte; Gläser wurden verteilt, die Flaschen kreisten.

Der Bräutigam Ulli floh noch am gleichen Abend und wurde nie wieder im Dorf gesehen. Später gab es Gerüchte, er habe sich in der Schweiz in ein einsames Bauernhaus verzogen, hasste alles, was irgendwie mit Russland in Verbindung stand und leitete von dort aus seine kleine Firma mit E-Mail und Telefon.

Irina hatte für Maja von ihren deutschen Verwandten ein wunderschönes Katzenmädchen mitgebracht als Dank für Majas Bemühungen um einen Bräutigam. Sie machte dieses hübsche Katzenmädchen sofort mit Titus bekannt. Der hatte sehr schnell seine helle Freude an diesem hübschen Katzenmädchen, was ihn aber, wie sich später herausstellte, nicht davon abhielt, sich auch mit anderen Katzenmädchen zu vergnügen. Maja gab dem neuen Mädchen sofort einen Namen, es sollte Popea heißen – auch ein durchaus standesgemäßer antiker Name. Maja begann mit Titus und dieser schönen Katzendame eine ertragreiche Katzenzucht. Der Verkauf der Kätzchen, die aus dieser fruchtbaren Verbindung hervor gingen, lief dank der Publicity, die Titus in den Medien verursacht hatte, ausgezeichnet. Katzenfreunde aus dem ganzen Land wollten Nachkommen des berühmten königlichen Katers

Titus haben. Es gab im übrigen keinen Grund, an der Vaterschaft des Titus irgendwelche Zweifel zu haben, obwohl Popea immer mal auf Abwege gegangen war. Alle Exemplare dieser Nachkommenschaft waren wunderschöne Kätzchen mit dunklen Augen und langem, schwarz-grauem Fell.

Die Ente Jule war über diese neue Konkurrenz nicht besonders erfreut, aber irgendwann schien sie sich in ihr Entenschicksal zu fügen. Sie legte regelmäßig ihre Eier, die von den Katzen zwar beschnüffelt wurden, aber kein besonderes Interesse erregten. Nur gelegentlich schimpfte sie, wenn ihr die Katzenbrut zu sehr auf die Nerven ging.

Irina schien nur kurze Zeit Trauer über den Verlust ihres Bräutigams zu tragen. Er schickte ihr regelmäßig Geld, trotzdem suchte sie sich bald eine Arbeit als Putzfrau, später, nachdem sie etwas Deutsch gelernt hatte, arbeitete sie in einer Tierarztklinik. Sie besuchte Maja regelmäßig, spielte mit den Tieren und half ihr bei der Katzenzucht. Sie erwies sich als eine patente, praktische Frau, die sofort wusste, wo man anpacken musste. In kurzer Zeit hatte sie verschiedene Bekanntschaften gemacht, die meisten waren Russlanddeutsche oder sogenannte Kontingentflüchtlinge. Manche von ihnen kauften gern Majas Katzentiere, Nachkommen der berühmten Katzen vom russischen Zarenhof.

Die Katzenzucht warf bald gewisse Gewinne ab, so dass Maja bald einige Nebeneinnahmen hatte. So konnte sie immer wieder mal Geld zur Unterstützung ihrer Eltern nach Russland schicken. Und für die Katzen und Jule blieb noch genug Geld für ein kleines Fernsehzimmer übrig, das George an das Haus anbaute. Dort saßen sie jeden Abend eine Weile auf einem kleinen Sofa und guckten Fernsehen.

Dazu gab es irgendwelches Knabberzeug für die Katzen und Grünzeug für Jule.

Die beiden Katzen lagen meist stumm da und dösten, nur Jule schnatterte ihre Entenkommentare. Zwischendurch beguckten sie sich Geschichten von Donald Duck oder vom Kater Karlo. Oder sie spielten das Computerspiel Spiel Cat alone, ein Spiel für Katzen, bei dem sie Fliegen oder Schmetterlinge auf dem Bildschirm fangen konnten. Das Spiel hatte der Vater den Tieren geschenkt. Jule versuchte natürlich auch, dieses Spiel mitzuspielen. Wenn sie einen Schmetterling sah, hackte sie auf den Bildschirm und war stolz, wenn sie eines der imaginären Flattertierchen erlegt hatte. Das konnte sie viel besser als die beiden Katzen, die sich schnell langweilten, weil man diese Krabbeltiere leider nicht wirklich fangen und fressen konnte.

Titus in Not

In dem kleinen Ort, in dem Maja und George mit ihrer ganzen Familie einschließlich Katzen wohnten, gab es natürlich auch eine Blaskapelle. Ein Dorf ohne Blaskapelle und ohne freiwillige Feuerwehr ist ungefähr so wie ein Kloster ohne Beichtstuhl. Diese Blaskapelle hat in den Dörfern wichtige Aufgaben zu übernehmen. So muss sie bei verschiedenen Umzügen zum Beispiel zur Kerwe, zu Fastnacht oder zum großen Weinfest ihren musikalischen Beitrag leisten. In früheren Jahren bestanden diese Kapellen nur aus männlichen Personen. Niemand hatte sich vorstellen können, dass eine Pauke oder eine Trompete von einer Frau bedient werden könnte. Das hatte sich aber inzwischen geändert. Es gab nicht mehr genug männliche Jugendliche im Dorf, die im Erlernen von Noten irgendeinen Sinn fanden. Freilich hatte es auch in früheren Jahren Musiker gegeben, die ihre Stücke auswendig konnten. Das war praktischer gewesen als Noten zu lernen. Heute aber war das Interesse der jungen Menschen an allem, was mit Computern zu tun hat, viel größer als das Erlernen des Spiels auf der Posaune oder der Klarinette. Deshalb gab es inzwischen in den dörflichen Kapellen auch junge Damen, die Klarinetten, Saxophone oder sogar Trompeten blasen konnten.

Einige der jungen Damen kannten natürlich auch Titus, denn längst hatte sich dieser kleine Kater auch in die Herzen mancher jungen Damen des Dorfes eingeschlichen. So kam es, dass sich Titus gelegentlich in die Proben schlich und sich unauffällig bei einer seiner Beschützerinnen niederließ um aufmerksam den musikalischen Ausbrüchen der Musiker zuzuhören. Anfangs war gelegentlich auch die Ente mitgekommen, aber die hatte man gleich wegen ihrer Schnatterei und der ungezügelten Art und Weise wo sie ihren Darminhalt im Probenraum verteilte, dem Platz verwiesen.

In einem Frühjahr war aber eine weltweite Infektionskrankheit namens Corona ausgebrochen, die dazu führte, dass die Probenarbeit der Kapelle eingestellt werden musste. Zwar gingen von solchen Instrumenten wie Trommeln, Pauken oder Schifferklavieren keine Gefahren aus, bei den Blasinstrumenten war die Gefahr der Übertragung von Viren oder ähnlichen tödlichen Erregern umso heftiger. Leider kann man einer Trompete oder einer Klarinette keinen Mundschutz umbinden.

In diesem besagten Frühjahr passierte es, dass eine der jungen Flötistinnen plötzlich erkrankte. Der Arzt, der sie behandelte, war anfangs sicher, die Krankheit sei nichts anderes als eine heftige Erkältung. Aber als er feststellte, dass alles seine Medikamente versagten, unterzog er sie dem Coronatest. Und siehe da, der Test war positiv, sie war infiziert.

Für das Dorf eine kleine Katastrophe. Man rätselte herum, wo sich diese junge Dame infiziert haben könnte zumal bekannt war, dass sie keinen Freund hatte und einen soliden Lebenswandel führte. Es dauerte nicht lange und die Gerüchteküche im Dorf begann zu kochen und zu brodeln. Manche waren sicher, die junge Dame führte ein gewisses Doppelleben, zumal sie oft in der Stadt war und dort – wie sie behauptete - studierte. Anderen war aufgefallen, dass sie ein inniges Verhältnis zu diesem Kater Titus hatte. Es war jedenfalls bekannt, dass sie in den Proben der Musikkapelle gern mit diesem Kater schmuste. So kam es, dass auch bald der kleine Kater Titus unter einen gewissen Verdacht fiel.

Anderen Menschen aus dem Dorf fiel ein, dass dieser Kater nicht aus dem Dorf stammte. Man erinnerte sich daran, dass es um die Einreise dieses Katers eine längere Geschichte mit verschiedenen Unmöglichkeiten gegeben hatte.

„Ist der nicht aus Russland gekommen?" erinnerten sich einige Personen aus dem Dorf.

„Irgendwoher aus dem Ostblock. Vielleicht auch aus dem ehemaligen Jugoslawien" meinten andere Bewohner aus dem Dorf.

„Oder aus Rumänien oder Bulgarien, wo diese Corona-Krankheit tobt."

So ganz klar waren die Aussagen nicht, aber die Vermutungen verhärteten sich zu dem Verdacht, dass Titus den Coronaerreger eingeführt hatte. Das wurde jedenfalls auch in einem anonymen Schreiben an das Gesundheitsamt geäußert.

Dieser Verdacht genügte der Polizei, um den armen Titus aus seiner geliebten Umgebung zu reißen und ihn in eine Tierklinik zu schleppen, wo er getestet werden sollte. Der Arzt der jungen Dame, den man eingeschaltet hatte, protestierte zwar laut, weil er sicher war, Titus konnte nicht der Überträger von Corona sein, denn dieses Virus schätzte keine Tiere. Auch Maja und George protestierten und erklärten Teile der Staatsmacht für blöd, weil bisher bekannt war, dass die Übertragung der Viren nur bei Menschen funktionierte.

Es half nichts. Die Polizei wollte alle Eventualitäten ausschließen und schleppte den armen Kater in diese Tierklinik. Wieder durchlebte er schlimme Momente, die ihn an seine frühe Kindheit und die schrecklichen Stunden ohne Maja und den kleinen Sascha erinnerten.

Aber er hatte Glück. Alle Tests, denen er unterworfen wurde, waren negativ. Sie waren so negativ, dass der behandelnde Tierarzt bald unwillig wurde, denn er hatte selten einen so gesunden Kater in seiner Klinik gehabt. Nachdem Maja und George diesem Arzt die ganze Geschichte dieses kleinen Katers erzählt hatte, gratulierte er ihnen zu diesem wunderbaren Kater. Er versprach ihnen, sie beim internationalen Wettbewerb für die besten Tiereltern Deutschlands vorzuschlagen.

Nachbars Neid

Bis auf kleinere Auseinandersetzungen mit dem Kater Willi aus dem Pfarrhaus und dem Fleischerhund Rex verlief die weitere Zeit in der Katzenwelt des Dorfes in ruhigen Bahnen, die nur durch das eine oder andere Katzenwochenbett unterbrochen wurde.

Gelegentlich meckerte nur einer der Nachbarn drei Häuser weiter, der ohnehin im Dorf einen schlechten Ruf hatte, über Titus und Popea. Die Gerüchte über Titus als Überträger tödlicher Krankheiten hatten trotz bester tierärztlicher Referenzen nicht ganz aufgehört. Der zänkische Nachbar war sicher, die beiden Katzen waren so gemein und hinterließen gelegentlich Katzenhaufen in seinem Garten. Und die Sache mit den Übertragungen von Corona seien auch nicht aus der Welt, schließlich könne sich auch ein Tierarzt irren. Der böse Nachbar forderte, dass Titus angesichts seiner osteuropäischen Herkunft wenigstens einen Mundschutz tragen sollte. Zum richtigen Streit kam es nicht, weil Maja immer bestritt, dass diese Häufchen in Nachbars Garten von ihren Katzen waren. Immerhin gab es im Dorf Dutzende streunender Katzen und Kater. Maja vernichtete trotzdem den beanstandeten Katzendreck, obwohl sie versicherte, dass ihre Katzen immer brav ihre Geschäfte in ihren Katzenklos machten. So viel Katzendreck konnte dieses Katzenpaar gar nicht produzieren, dass es noch für andere Gärten gereicht hätte.

Maja und George glaubten, dass diese Angelegenheit mit dem Katzendreck in Nachbars Garten irgendwie erledigt war, bis eines Tages vom Amtsgericht aus der Kreisstadt eine Vorladung im Briefkasten lag. Ein Rechtsanwalt aus der Stadt hatte im Auftrag dieses Herrn Nachbarn in einer längeren Klageschrift dargelegt, dass ein gewisser Kater Titus – im Eigentum der Familie B. – eigens von der Familie B. darauf abgerichtet sei, seinen Katzendreck im Garten des Klägers zu platzieren. Im übrigen habe der Kater der Nachbarn ihre eigene noch minderjährige Katze, eine echte Persianerkatze im Wert von (es folgte eine für Katzenverhältnisse schwindelerregende Summe) besprungen, ja vergewaltigt, mit dem Ergebnis, dass diese junge Katze ungewollt trächtig und für die ursprüngliche Absicht der Zucht von Perserkatzen nicht mehr zu gebrauchen sei. Wegen seelischer Grausamkeit gegenüber einem minderjährigen Kätzchen, Katzenschändung und wegen entgangener Verluste forderte der Rechtsanwalt im Namen seines Mandanten als Entschädigung eine vierstellige Summe und die Vernichtung des gewalttätigen, pädosexuellen Katers Titus.

Als Maja das las, glaubte sie, das sei alles ein dummer Scherz, zumal die Katze des Nachbarn weder blutjung noch eine Perserkatze war. So gut kannte sie sich bei Katzen aus. George hatte gleich verstanden, wenn die Menschheit nach Geld sucht, kommt sie auf die merkwürdigsten Ideen. Sascha, der inzwischen etwas mehr als zwölf Jahre alt war, tobte als er hörte, was dem bösen Nachbarn eingefallen war. Er wollte ihm gleich den Vorgarten verwüsten, die Reifen des nachbarlichen Autos durchstechen, die Fensterscheiben einschlagen und die Haustür mit roter Farbe beschmieren. George verbot dem Jungen alle Rachepläne.

Maja und George überlegten, ob sie auch einen Rechtsanwalt einschalten sollten, aber nach einigen Überlegungen verwarfen sie diese Idee.

Ein paar Wochen später kam es schließlich zu einem Termin vor dem Amtsrichter. Die Verhandlung dauerte nicht lange. Der Rechtsanwalt des Nachbarn begann mit einem Vortrag und schilderte mit besorgter, an einigen Stellen mit bebender Stimme die seelischen Erschütterungen und die Marterqualen des kleinen Kätzchen angesichts des Angriffs der bösen Nachbarkatze und die finanziellen Verluste seines Mandanten in allen Einzelheiten. Als er schließlich schilderte, mit welcher brutaler sexueller Gewalt der Kater Titus die minderjährige Pussy vergewaltigt habe, unterbrach ihn der Richter.

„Waren Sie denn dabei? War der Eigentümer dabei? Oder haben Sie Zeugen?"

Natürlich war niemand dabei, Zeugen gab es auch nicht. Sein Mandant habe nur seine Pussy vor Schmerz brüllen hören.

Aber dieser Kater muss es gewesen sein, denn sie hat schließlich vier Junge geworfen. „Es kann nur dieser schreckliche Kater Titus gewesen sein", meinte der Rechtsanwalt und verlangte die Erstellung eines DNA-Testes zur Feststellung der Vaterschaft der Katzenjungen.

Der Richter wandte sich an Maja und George und fragte sie, ob es noch andere Katzen oder Kater im Dorf gäbe.

„Ein Dutzend sicher" meinte Maja. „Keine Ahnung, ob das Katzen oder Kater sind. Man weiß auch nicht, ob sie kastriert sind." Im übrigen könne jede Katze glücklich sein, von einem berühmten und aristokratischen Kater wie Titus besprungen zu werden. Für die ausgewachsene hässliche Straßenkatze ihres Nachbarn sei das schon viel zu viel der Ehre. Im übrigen sei sie, wie alle nicht kastrierten Katzen, hin und wieder rollig und suche nach Katern. Diese Katze hält dann manchmal nachts die ganze Straße wach mit ihrem Geschrei. Das sei für alle Nachbarn nicht zu überhören.

Jetzt protestierte der Nachbar laut und behauptete, sein Kätzchen sei von edler Rasse und würde sich nie mit einem daher gelaufenen russischen Straßenkater wie diesem Titus einlassen, dazu hätte sie viel zu viel Anstand...

„Aber Ihre Katze ist ein ziemlich geiles Luder" unterbrach ihn Maja. „So wie alle Katzen, wenn sie rollig sind. Sie müssten mal das Gejaule in lauen Frühjahrsnächten hören" wandte sie sich an den Richter. „Da tut in unserer Straße mancher kein Auge zu." Dann klärte sie das Gericht über die aristokratische Herkunft ihres edlen Katers Titus auf und meinte, der Nachbar könne froh sein, wenn seine Katze von einem so edlen Kater wie Titus, der schließlich ein Nachkomme aus dem edlen russischen Zarenhaus stammte, besprungen würde. Es sei eigentlich unter Titus'

Würde, sich mit einem so hässlichen Katzentier abzugeben. Im übrigen weiß kein Mensch, wer der Erzeuger der kleinen Nachkommen der Nachbarkatzen ist.

Der Rechtsanwalt und der Nachbar protestierten laut. Sie gaben zu bedenken, dass dieser russische Kater vielleicht doch von dieser Corona-Infektion angesteckt sei und verlangten eine Strafe für Maja wegen des möglichen materiellen Schadens und weil sie angeblich das Kätzchen des Nachbarn beleidigt hatte.

„Und Sie, Herr Kollege", wandte sich der Richter an den Rechtsanwalt, „wollen jetzt beweisen, dass die kleine Katze von Titus besprungen wurde. Mit einem DNA-Test vielleicht? Wer soll diesen Test bezahlen? Der Staat? Die Beklagten? Können Sie sich vorstellen, was das kostet? Und was ist, wenn es ein Kater aus dem Nachbardorf war? Was dann? Sie müssen den Test bezahlen. Eigentlich sollte Ihr Mandant glücklich sein, wenn sich ein berühmter Kater wie Titus dieses Kätzchens erbarmt hat. Im übrigen ist bekannt und vom Robert-Koch-Institut bestätigt worden, dass Katzen keine Coronaviren übertragen können. Das haben wir schriftlich." Bei dieser Äußerung wedelte der Richter heftig mit einem Stück beschriebenen Papier.

Weil Tiere in unserem Rechtssystem als eine Sache gelten und nicht der allgemeinen menschlichen Rechtsprechung unterliegen, verlor der Kläger unter großem Protest den Prozess, er musste schließlich auch noch die Prozesskosten und die Kosten für seinen Rechtsanwalt tragen. Nicht einmal die Rechtsschutzversicherung des Klägers war bereit, für diese Kosten aufzukommen.

Für Kater Titus bedeutete dieser Prozess eine weitere Stufe auf der Leiter seines Ruhmes, denn angesichts des bedeutenden Prozessbeteiligten Titus wurde über dieses Verfahren ausführlich und mit einer gewissen Genugtuung in der überregionalen Presse berichtet. George hatte auf Titus' Website einen ausführlichen Bericht mit vielen Bildern und einem kleinen Film über den Katzenprozess beim Amtsgericht ins Netz gestellt, so dass sogar Katzenfreunde aus fernen Ländern sich meldeten und mehr über diese sonderbare und beeindruckende Tiergesellschaft von Titus, Popea und Jule wissen wollten.

Irina, die den Prozess verfolgt hatte, kam gleich nach dem Sieg zu Besuch, brachte Schnaps mit und einen Topf Schtschi. Dazu gab es Rührei aus Jules Eiern, man saß zusammen, lästerte über den Nachbarn, erzählte sich Geschichten aus der Heimat und von der Wolga. Das sei ein Fluss! Da waren sich alle einig. Nicht so ein Rinnsal wie die hiesigen deutschen Flüsse.

Immer wieder dachten Sascha und Maja daran, was sie mit diesem kleinen Kater alles erlebt hatten. Die vielen Ereignisse reichten eigentlich für drei Katzenleben aus. Und trotz der gelegentlichen Katastrophen war die Familie glücklich, dass sie so viel Freude und Abwechslung mit ihren Tieren hatten. Die Ereignisse hatten ausgereicht, um ein ganzes Buch mit Katzengeschichten zu füllen.

Alle liebten Titus, Popea und die Entenfreundin Jule. Die Tiere saßen zusammen und ließen sich gern von Irina streicheln. Zwischendurch spielten sie Cat alone. Wenn sie für dieses etwas langweilige Spiel keine Lust mehr hatten, saß die ganze Tiergesellschaft vor dem Fernseher und guckte sich Filme von Donald und Daisy Duck, Kermit, dem Frosch und von Kater Karlo an, die von Jule lautstark kommentiert wurden. Am Ende beguckten sich die Tiere noch die Filme über ihre eigenen Heldentaten. Die sahen sie am liebsten.

Große Ehre

Maja bekam eines Tages ein Schreiben von der russischen Botschaft in Berlin. Sie wunderte sich sehr über diesen Brief, denn sie hatte keine Ahnung, warum sich die russische Botschaft für einen Menschen interessiert, der längst die deutsche Staatsangehörigkeit angenommen hatte. Als die den Umschlag geöffnet und sie ersten Zeilen gelesen hatte, musste sie sich erst einmal setzen. Es ging um Titus. Auch die russische Regierung hatte offenbar gehört oder gelesen von den Heldentaten des russischen Katers Titus und hatte beschlossen, diesen großartigen Kater zu ehren. Die russische Regierung hatte beschlossen, diesen Kater mit dem Orden des heiligen Georg zu ehren. Die Verleihung des Ordens sollte in der russischen Botschaft in Berlin erfolgen.

Maja war sprachlos, Sascha jubelte, nur der Vater George war sicher, hier waren Verrückte am Werk.

Zum vereinbarten Termin fuhr die ganze Familie einschließlich Kater nach Berlin. In einer feierlichen Zeremonie in der russischen Botschaft. wurde dem kleinen Kater Titus der Orden des heiligen Georg verliehen. Ein Orden, den die Zarin Katharina II. für herausragende Leistungen für das russische Vaterland geschaffen hatte. Die Sowjets hatten zwar diesen Orden verboten, aber Putin hatte ihn wieder eingeführt. Als Putin hörte, dass diese Auszeichnung einem Kater verliehen werden sollte, organisierte er für den kommenden Sommer eine Audienz. Die ganze Familie fuhr nach Moskau. Präsident Putin freute über diesen kleinen Kater und ließ sich nicht nehmen bei der Audienz nur mit dem Kater zu spielen. Titus fand das wunderbar. So hatte er wieder einen neuen Freund gefunden. Nur die Ente Jule war ein wenig traurig, weil ihr liebster Kater sie für einige Tage verlassen hatte.

Zeitfracht Medien GmbH
Ferdinand-Jühlke-Straße 7
99095 Erfurt, Deutschland
produktsicherheit@kolibri360.de